顾城的诗
顾城的画

顾城 著

图书在版编目（CIP）数据

顾城的诗　顾城的画 / 顾城著. —南京：
江苏凤凰文艺出版社，2017.3（2023.10 重印）
ISBN 978-7-5399-9730-8

Ⅰ.①顾… Ⅱ.①顾… Ⅲ.①诗集 – 中国 – 当代
Ⅳ.① I227

中国版本图书馆 CIP 数据核字 (2016) 第 250365 号

顾城的诗　顾城的画

顾城　著

出 品 人	张在健
选　　编	顾　乡　马铃薯兄弟
策 划 编 辑	于奎潮
责 任 编 辑	孙楚楚
出 版 发 行	江苏凤凰文艺出版社
	南京市中央路 165 号，邮编：210009
出版社网址	http://www.jswenyi.com
印　　刷	南京爱德印刷有限公司
开　　本	787 毫米 ×1092 毫米 1/32
印　　张	7.25
字　　数	130 千字
版　　次	2017 年 3 月第 1 版
印　　次	2023 年 10 月第 8 次印刷
标 准 书 号	ISBN 978-7-5399-9730-8
定　　价	30.00 元

江苏凤凰文艺版图书凡印刷、装订错误，可向出版社调换，联系电话 025- 83280257

目 录

001 ...... 奇遇

003 ...... "需要一个答案"

001 ...... 一代人

002 ...... 星月的来由

003 ...... 生命幻想曲

009 ...... 种子的梦想

011 ...... 小巷

012 ...... 弧线

014 ...... 雨行

017 ...... 给我的尊师安徒生

019 ...... 雪人

022 ...... 远和近

024 ...... 我总觉得

026 ...... 田埂

028 ...... 信念

030 ...... 安慰

033 ...... 简历

035 ...... 我们去寻找一盏灯

039 ...... 思想之树

041 ...... 我唱自己的歌

044 ...... 土地是弯曲的

046 ...... 假如……

048 ...... 我是一个任性的孩子

055 ...... 最后

058 ...... 小花的信念

061 ...... 不要在那里踱步

063 ...... 叽叽喳喳的寂静

067 ...... 给我逝去的老祖母(一)

069 ...... 我的心爱着世界

071 ...... 还记得那条河吗

073 ...... 我要走啦

077 ...... 生日

080 ...... 初夏

085 ...... 我的一个春天

087 ...... 我会像青草一样呼吸

091 ...... 猿人之猎

093 ...... 生命的愿望

096 ...... 分离

098 ...... 门前

101 ...... 来临

103 ...... 分别的海

109 ...... 订婚

111 ...... 我曾是火中最小的花朵

115 ...... 南国之秋(二)

117 ...... 异地

120 ...... 最凉的早晨

123 ...... 剥开石榴

125 ...... 就在那个小村里

128 ...... 是树木游泳的力量

130 ...... 万物

132 ...... 届时

134 ...... 革命

137 ...... 瀑布

140 ...... 子弹

142 ...... 日益

144 ...... 表达

146 ...... 转弯

149 ...... 复有笑容

151 ...... 直塘

154 ...... 往世

156 ...... 墓床

158 ...... 字典

160 ...... 计谋

162 ...... 一个夏天

164 ...... 万一

166 ...... 实话

168 ...... 鸡春卷

170 ...... 从心

172 ...... 蛋糕

174 ...... 花是这样落的

176 ...... 陶

178 ...... 因为思念的缘故

182 ...... 窗子

184 ...... 复习

186 ...... 邓肯

188 ...... 你喜欢歌谣

190 ...... 活命歌

192 ...... 有天

194 ...... 家乡的树（歌词）

196 ...... 许多河水

198 ...... 然若

200 ...... 岛

202 ...... 婆罗

205 ...... 要用光芒抚摸

207 ...... 大禹的自白

216 ...... 编后记

奇　遇

　　红过的果子　落在地上
　　　花开在近旁
　　　　这是它爱过的果子

　　我来自一个遥远的国度，在海那边有重重的山峰，有一座大城。我在那里生下来，城墙是红色的，里边的房子颜色发青。也有热闹的街市，寂静的小巷。
　　我在那里长到9岁，学了字，12岁写了诗，17岁学会怎么把木头做成椅子。我在那儿有块紫檀木，我给凿成个刨子，推到傍晚，就把刨花扫起来，送给邻居。

　　这个城只有春天和冬天，夏天也许有，但一定在睡觉，睡醒了，水盆里已经结了冰，里边的鱼都吃过落进去的小虫，鱼像城墙一样，也是红的。

我9岁、12岁、17岁是醒的,其它时间就很难说了。因为我很早就学会了一个幻术,就是跟着下落的太阳合上眼睛,一直就可以跌下去,跌到11岁-8岁-3岁-1岁半-浴液里,在那里可以找到一些球,还有吃了一半的糖。有一次我跌得太久,就变成了一只老虎。

闭很久的眼睛是一种技术,我不想告诉别人,因为弄不好你就回不了你原来的院子了,特别是你当过鸟和老虎之后,你就很可能坐到屋顶或者烟囱上,这样如果正好没有梯子的话是很危险的。而且变过老虎之后,人很瘦,想吃鹿肉一年才能买到一次。

(下缺)

1991年岛上

"需要一个答案"

——1988年12月6日顾城朗诵并讲说于洛杉矶

我很困,困的时候就进入了梦。/从纽约来,我丢了不少诗,所以这次只能读还没丢的。/走进这个厅时,我看见了许多死人丢掉的东西,活人又把它们找到了。/人总怕忘事,可还是忘了最重要的事。/我坐在这,等我自己,看我的朋友向前走。/这里的灯是圆的,让我想起小时候喜欢的一个鸟蛋。/我很想在一个鸟蛋中生活,/但世界告诉我我是鸟窠生的,/又告诉我我是平底锅生的,我愿意相信这个说法;/但在梦里,却总有一个声音说不是,/我有一个来源,但是我给忘记了。我写诗就是因为回想。/

有一个生长在美国的朋友,这些天我们天天碰面,/直到刚才他才问我,为什么要戴这个帽子。我知道他需要一个答案,/我就说,这是一个天线,可以收听福音。/他听了表示满意,/因为帽子是有用处的。/我也感到满意,/好像我眼睛上头还有眼睛。/在纽西兰这是多余的,因为那里很安静,/不用戴帽子也能听见鸟叫,看见星星以外的星星。/我下边朗诵的第一首诗,/就是写在那里的,/它还没有被印成铅字,/它在今晚只是声音——

这是最美的季节
可以忘记梦想
到处都是花朵
满山阴影飘荡

这是最美的阴影
可以摇动阳光
轻轻走下山去
酒杯叮当作响

这是最美的酒杯
可以发出歌唱
放上花香捡回
四边都是太阳

这是最美的太阳
把花印在地上
谁要拾走影子
谁就拾走光芒

（下缺）

1988年12月

编者注：顾城此时任职奥克兰大学研究员，已移居岛上，于1988年11月初至12月中旬大学放假期间赴美参加诗歌交流活动。所朗诵的诗，题为《答案》。记录文字中的左斜线处为翻译中断处。

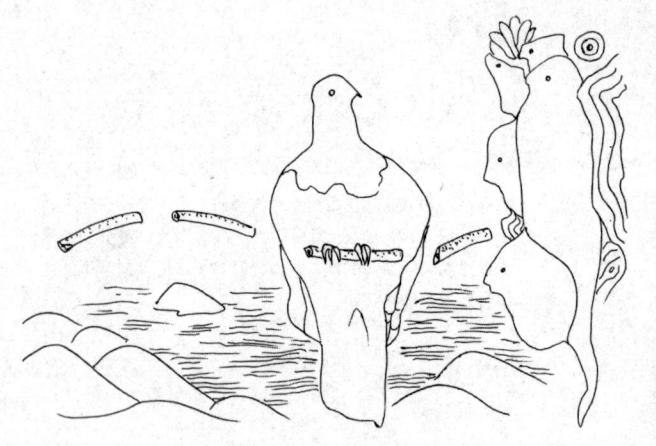

一代人

黑夜给了我黑色的眼睛
我却用它寻找光明

1979年4月

星月的来由

树枝想去撕裂天空,
却只戳了几个微小的窟窿,
它透出天外的光亮,
人们把它叫做月亮和星星。

1968年冬

生命幻想曲

把我的幻影和梦,
放在狭长的贝壳里。
柳枝编成的船篷,
还旋绕着夏蝉的长鸣。
拉紧桅绳
风吹起晨雾的帆,
我开航了。

没有目的,
在蓝天中荡漾。
让阳光的瀑布,
洗黑我的皮肤。

太阳是我的纤夫。
它拉着我,
用强光的绳索,
一步步,
走完十二小时的路途。
我被风推着,

向东向西,
太阳消失在暮色里。

黑夜来了,
我驶进银河的港湾。
几千个星星对我看着,
我抛下了
新月——黄金的锚。

天微明,
海洋挤满阴云的冰山,
碰击着,
"轰隆隆"——雷鸣电闪!
我到哪里去呵?
宇宙是这样的无边。

* * *

用金黄的麦秸,
织成摇篮,
把我的灵感和心
放在里边。
装好纽扣的车轮,
让时间拖着,

去问候世界。

车轮滚过
百里香和野菊的草间。
蟋蟀欢迎我,
抖动着琴弦。
我把希望溶进花香,
黑夜像山谷,
白昼像峰巅。
睡吧!合上双眼,
世界就与我无关。

时间的马,
累倒了。
黄尾的太平鸟,
在我的车中做窝。
我仍然要徒步走遍世界——
沙漠、森林和偏僻的角落。

太阳烘着地球,
像烤一块面包。
我行走着,
赤着双脚。
我把我的足迹,

像图章印遍大地,
世界也就溶进了
我的生命。

我要唱
一支人类的歌曲,
千百年后
在宇宙中共鸣。

1971年盛夏(火道村)

CHINATHEMEN

Herausgegeben von Prof. Dr. Helmut Martin,
Ruhr-Universität Bochum,
und
Prof. Dr. Lutz Bieg, Universität Köln

种子的梦想

种子在冻土里梦想春天。

它梦见——
龙钟的冬神下葬了,
彩色的地平线上走来少年;

它梦见——
自己颤动地舒展腰身,
长睫旁闪耀着露滴的银钻;

它梦见——
伴娘蝴蝶轻轻吻它,
蚕姐姐张开了新房的金幔;

它梦见——
无数儿女睁开了稚气的眼睛,
就像月亮身边的万千星点……

种子呵,在冻土里梦想春天,
它的头顶覆盖着一块巨大的石板。

1979年1月

小 巷

小巷
又弯又长

没有门
没有窗

我拿把旧钥匙
敲着厚厚的墙

1980年6月

弧　线

鸟儿在疾风中
迅速转向

少年去捡拾
一枚分币

葡藤因幻想
而延伸的触丝

海浪因退缩
而耸起的背脊

1980年8月

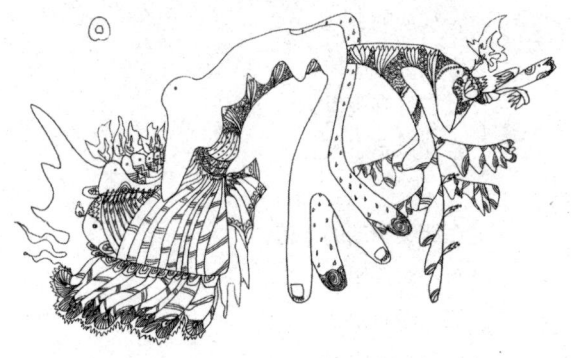

雨 行

云灰灰的,
再也洗不干净。
我们打开雨伞,
索性涂黑了天空。

在缓缓飘动的夜里,
有一对双星,
似乎没有定轨,
只是时远时近……

1980年8月

给我的尊师安徒生

——安徒生和作者本人都曾当过笨拙的木匠

你推动木刨,

像驾驶着独木舟,
在那平滑的海上,
缓缓漂流……

刨花像浪花散开,
消逝在海天尽头;
木纹像波动的诗行,
带来岁月的问候。

没有旗帜,
没有金银、彩绸,
但全世界的帝王,
也不会比你富有。

你运载着一个天国,

运载着花和梦的气球,
所有纯美的童心,
都是你的港口。

1980年1月

雪　人

在你的门前
我堆起一个雪人
代表笨拙的我
把你久等

你拿出一颗棒糖
一颗甜甜的心
埋进雪里
说这样就会高兴

雪人没有笑
一直没作声
直到春天的骄阳
把它溶化干净

人在哪呢?

心在哪呢?
小小的泪潭边
只有蜜蜂。

1980年2月

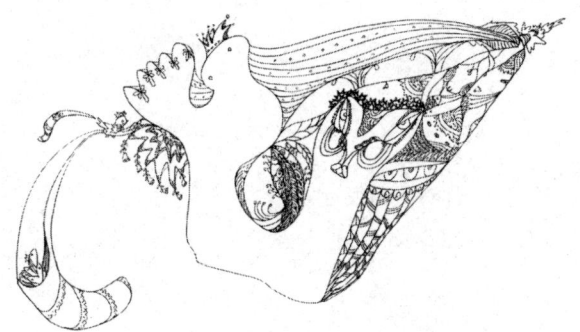

远和近

你
一会看我
一会看云

我觉得
你看我时很远
你看云时很近

1980年6月

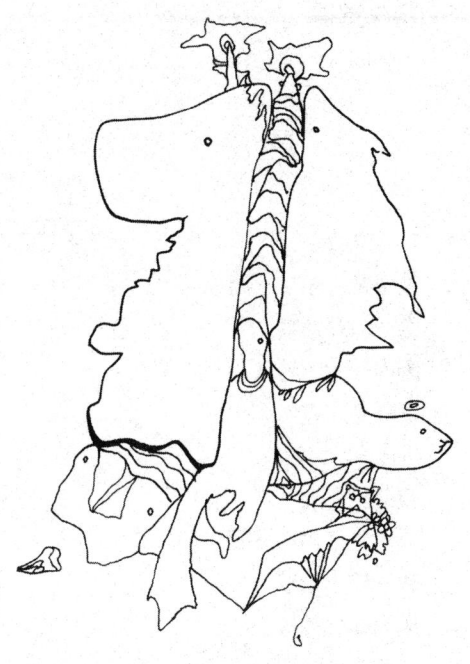

我总觉得

我总觉得
星星曾生长在一起
像一串绿葡萄
因为天体的转动
滚落到四方

我总觉得
人类曾聚集在一起
像一碟小彩豆
因为陆地的破裂
迸溅到各方

我总觉得
心灵曾依恋在一起
像一窝野蜜蜂
因为生活的风暴
飞散在远方

1980年6月

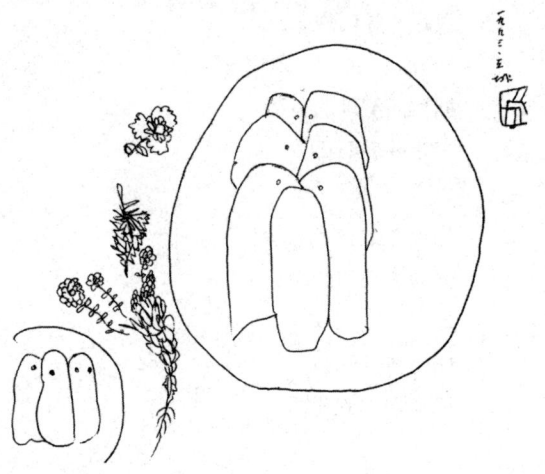

田 埂

路是这样窄么?
只是一脉田埂。

拥攘而沉默的苜蓿,
禁止并肩而行。

如果你跟我走,
就会数我的脚印;

如果我随你去,
只能看你的背影。

1980年6月

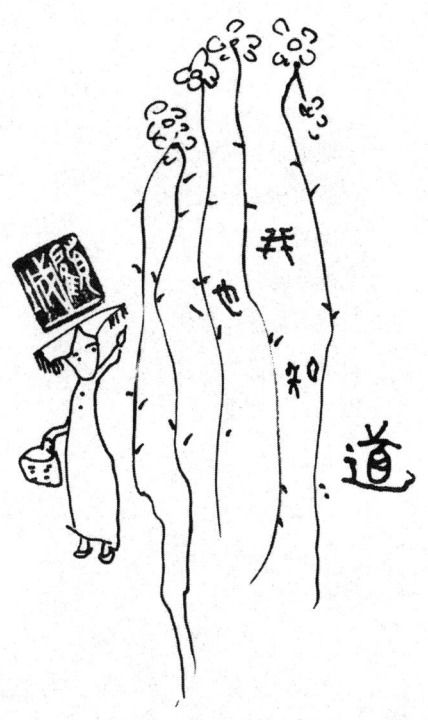

信 念

土地上生长着信念
有多少秋天就有多少春天
是象就要长牙
是蝉就要振弦
我将重临这个世界
我是一道光线
也是一缕青烟

1980年8月

安　慰

青青的野葡萄
淡黄的小月亮
妈妈发愁了
怎么做果酱

我说：
别加糖
在早晨的篱笆上
有一枚甜甜的
红太阳

1980年10月

简　历

我是一个悲哀的孩子
始终没有长大

我从北方的草滩上
走出,沿着一条
发白的路,走进
布满齿轮的城市
走进狭小的街巷
板棚,每颗低低的心

我在一片淡漠的烟中
继续讲绿色的故事

我相信我的听众
——天空,还有
海上迸溅的水滴
它们将覆盖我的一切
覆盖那无法寻找的

坟墓,我知道
那时,所有的草和小花
都会围拢,在
灯光暗淡的一瞬
轻轻地亲吻我的悲哀

1980年10月

我们去寻找一盏灯

走了那么远
我们去寻找一盏灯

你说
它在窗帘后面
被纯白的墙壁围绕
从黄昏迁来的野花
将变成另一种颜色

走了那么远
我们去寻找一盏灯

你说
它在一个小站上
注视着周围的荒草
让列车静静驰过
带走温和的记忆

走了那么远
我们去寻找一盏灯

你说
它就在大海旁边
像金橘那么美丽
所有喜欢它的孩子
都将在早晨长大

走了那么远
我们去寻找一盏灯

1980年11月

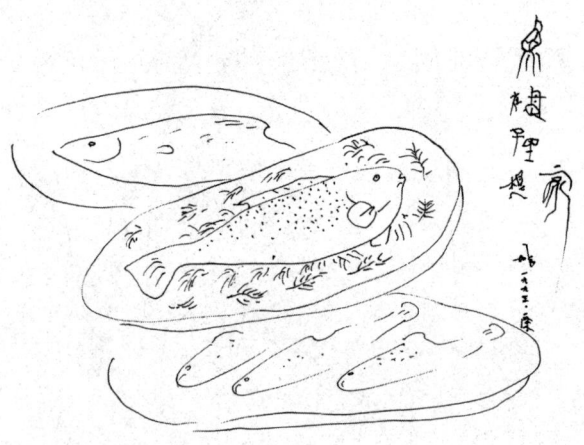

思想之树

我在赤热的国土上行走
头上是太阳的轰响
脚下是岩浆
我没有鞋子
没有编造的麦草
投下浑圆的影子
我只有一颗心
常常想起露水的清澈

我走过许多地方
许多风蚀的废墟
为了寻找那些
值得相信的东西
我常看见波斯菊
化为尘沫,在热风中飞散
美和生命
并不意味着永恒
也许有这样一种植物
习惯了火山的呼吸

习惯了在绝望中生长,
使峭壁布满裂纹
习惯了死亡
习惯了在死神的金字塔上
探索星空
重新用绿色的声音
来呼唤时间

于是,在梦的山谷中
我看见了它们
棕红色的巨石翻动着
枝条伸向四方
一千枚思想的果实
在夕阳中垂落
渐渐,渐渐,渐渐
吸引了痛苦的土地

1980年12月

我唱自己的歌

我唱自己的歌
在布满车前草的道路上
在灌木和藤蔓的集市上
在雪松、白桦树的舞会上
在那山野的原始欢乐之上
我唱自己的歌

我唱自己的歌
在热电厂恐怖的烟云中
在变速箱复杂的组织中
在砂轮和汽锤的亲吻中
在那社会文明的运行中
我唱自己的歌

我唱自己的歌
既不生疏又不熟练
我是练习曲的孩子
愿意加入所有歌队

为了不让规范知道
我唱自己的歌

我唱呵，唱自己的歌
直到世界恢复了史前的寂寞
细长的月亮
从海边赶来向我：
为什么？为什么？
你唱自己的歌

1980年12月

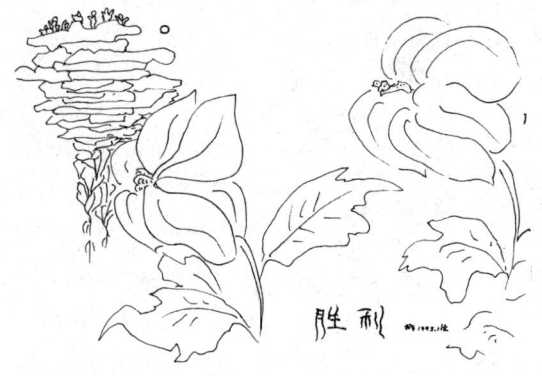

土地是弯曲的

土地是弯曲的
我看不见你
我只能远远看见
你心上的蓝天

蓝吗？真蓝
那蓝色就是语言
我想使世界感到愉快
微笑却凝固在嘴边

还是给我一朵云吧
擦去晴朗的时间
我的眼睛需要泪水
我的太阳需要安眠

1981年1月

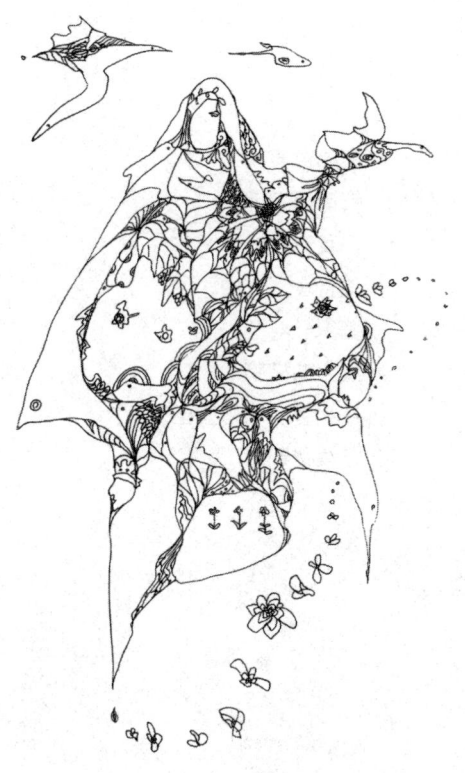

假如……

假如钟声响了,
就请用羽毛
把我安葬;
我将在冥夜中,
编织一对
巨大的翅膀——
在我眷恋的祖国上空
继续飞翔

1981年2月

我是一个任性的孩子

——我想在大地上画满窗子,

让所有习惯黑暗的眼睛,都习惯光明

也许
我是被妈妈宠坏的孩子
我任性

我希望
每一个时刻
都像彩色蜡笔那样美丽
我希望
能在心爱的白纸上画画
画出笨拙的自由
画下一只永远不会
流泪的眼睛
一片天空
一片属于天空的羽毛和树叶
一个淡绿的夜晚和苹果

我想画下早晨
画下露水所能看见的微笑
画下所有最年轻的
没有痛苦的爱情
画下想象中
我的爱人
她没有见过阴云
她的眼睛是晴空的颜色
她永远看着我
永远，看着
绝不会忽然掉过头去

我想画下遥远的风景
画下清晰的地平线和水波
画下许许多多快乐的小河
画下丘陵——
长满淡淡的茸毛
我让它们挨得很近
让它们相爱
让每一个默许
每一阵静静的春天的激动
都成为
一朵小花的生日

我还想画下未来
我没见过她,也不可能
但知道她很美
我画下她秋天的风衣
画下那些燃烧的烛火和枫叶
画下许多因为爱她
而熄灭的心
画下婚礼
画下一个个早早醒来的节日——
上面贴着玻璃糖纸
和北方童话的插图
我是一个任性的孩子
我想涂去一切不幸
我想在大地上
画满窗子
让所有习惯黑暗的眼睛
都习惯光明
我想画下风
画下一架比一架更高大的山岭
画下东方民族的渴望
画下大海——
无边无际愉快的声音

最后,在纸角上
我还想画下自己
画下一只树熊
他坐在维多利亚深色的丛林里
坐在安安静静的树枝上
发愣
他没有家
没有一颗留在远处的心
他只有,许许多多
浆果一样的梦
和很大很大的眼睛

我在希望
在想
但不知为什么
我没有领到蜡笔
没有得到一个彩色的时刻
我只有我
我的手指和创痛
只有撕碎那一张张
心爱的白纸
让它们去寻找蝴蝶
让它们从今天消失

我是一个孩子
一个被幻想妈妈宠坏的孩子
我任性

1981年3月

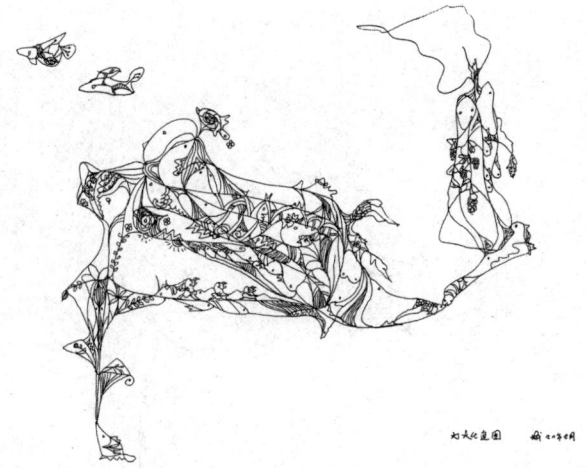

最 后

最后,最后一次
我醒来
窗帘站在一边
阳光像白发般灿烂
蒲公英
在年轻的风中
飘舞,落满我的书架

那里有我的名字
我用诗的卵石
精心铺成的小路
有永远闪耀不定的泪水
有幻梦的湖泊
森林在水影中
脱下了警察的服装

也许,还有歌
还有许多
用金盏花和兰钟花

组成的欢乐
我可爱的小朋友
曾在那里奔跑
为了一只黑色、恐怖的蝴蝶

现在我卸下一切
卸下了我的世界
很轻,像薄纸叠成的小船
当冥海的水波
漫上床沿
我便走了
飘向那永恒的空间

1981年4月

CHINATHEMEN

Herausgegeben von Prof. Dr. Helmut Martin,
Ruhr-Universität Bochum,
und
Prof. Dr. Lutz Bieg, Universität Köln

小花的信念

在山石组成的路上
浮起一片小花

它们用金黄的微笑
来回报石块的冷遇

它们相信
最后,石块也会发芽
也会粗糙地微笑
在阳光和树影间
露出善良的牙齿

1981年4月

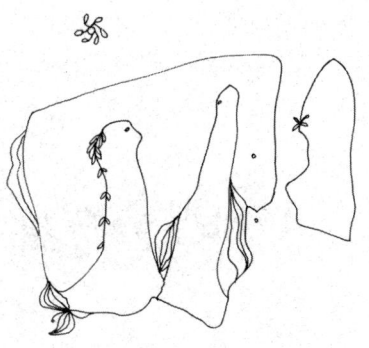

不要在那里踱步

天黑了
一小群星星悄悄散开
包围了巨大的枯树

不要在那里踱步

梦太深了
你没有羽毛
生命量不出死亡的深度

不要在那里踱步

下山吧
人生需要重复
重复是路

不要在那里踱步

告别绝望

告别风中的山谷
哭,是一种幸福

不要在那里踱步

灯光
和麦田边新鲜的花朵
正摇荡着黎明的帷幕

1981年4月

叽叽喳喳的寂静

雪,用纯洁
拒绝人们的到来
远处,小灌木丛里
一小群鸟雀叽叽喳喳
她们在讲自己的事
讲贮存谷粒的方法
讲妈妈
讲月牙怎么变成了
金黄的气球

我走向许多地方
都不能离开
那片叽叽喳喳的寂静
也许在我心里
也有一个冬天
一片绝无人迹的雪地
在那里

许多小灌木缩成一团
围护着喜欢发言的鸟雀

1981年5月

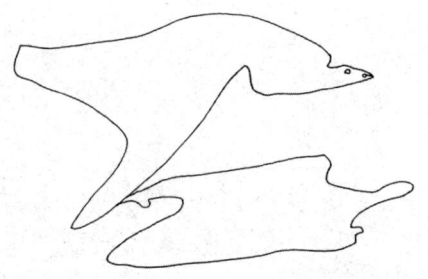

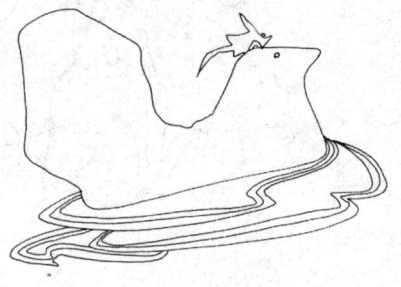

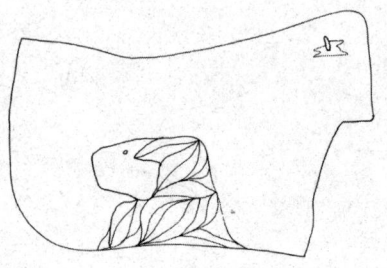

给我逝去的老祖母(一)

终于
我知道了死亡的无能
它像一声哨
那么短暂
球场上的白线已模糊不清

昨天,在梦里
我们分到了房子
你用脚擦着地
走来走去
把自己的一切
安放进最小的角落

你仍旧在深夜里洗衣
哼着木盆一样
古老的歌谣
用一把断梳子
梳理白发
你仍旧在高兴时

打开一层一层绸布
给我看
已经绝迹的玻璃纽扣
你用一生相信
它们和钻石一样美丽

我仍旧要出去
去玩或者上学
在拱起的铁纱门外边
在第五层台阶上
点燃炉火,点燃炉火
鸟兴奋地叫着
整个早晨
都在淡蓝的烟中漂动

你围绕着我
就像我围绕着你

1981年6月

我的心爱着世界

我的心爱着世界
爱着,在一个冬天的夜晚
轻轻吻她,像一片纯净的
野火,吻着全部草地
草地是温暖的,在尽头
有一片冰湖,湖底睡着鲈鱼

我的心爱着世界
她溶化了,像一朵霜花
溶进了我的血液,她
亲切地流着,从海洋流向
高山,流着,使眼睛变得蔚蓝
使早晨变得红润

我的心爱着世界
我爱着,用我的血液为她
画像,可爱的侧面像
金玉米和群星的珠串不再闪耀
有些人疲倦了,转过头去
转过头去,去欣赏一张广告

1981年6月

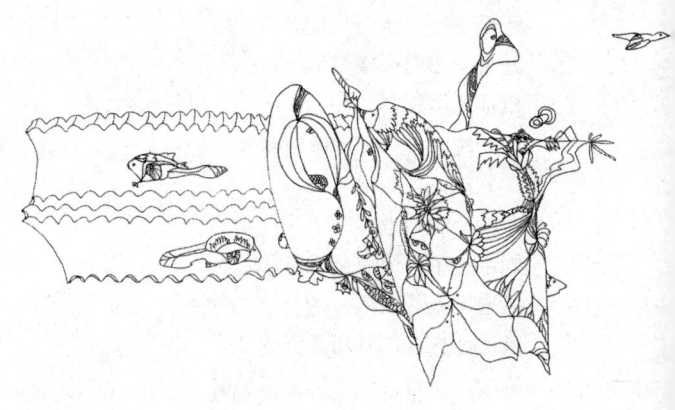

还记得那条河吗

还记得那条河吗?
她那么会拐弯
用小树叶遮住眼睛
然后,不发一言
我们走了好久
都没问清她从哪来
最后,只发现
有一盏可爱的小灯
在河里悄悄洗澡

现在,河边没有花了
只有一条小路
白极了,像从大雪球里
抽出的一段棉线
黑皮肤的树
被冬天用魔法
固定在雪上
隔着水,他们也没忘记

要相互指责

水,仍在流着
在没人的时候
就唱起不懂的歌
她从一个温暖的地方来
所以不怕感冒
她轻轻呵气
好像树叉中的天空
是块磨沙玻璃
她要在上面画画

我不会画画
我只会在雪地上写信
写下你想知道的一切
来吧,要不晚了
信会化的
刚懂事的花会把它偷走
交给吓人的熊蜂
然后,蜜就没了
只剩下那盏小灯

1981年6月

我要走啦

告别守夜的钟塔
谢谢,我要走啦
我要带走全部的星星
再不为丢失担惊受怕

告别粗大的篱笆
是的,我要走啦
你听见的偷苹果的故事
请不要告诉庙里的乌鸦

最后,告别河边的细沙
早安,我要走啦
没有谁真在这里长眠不醒
去等待十字架生根开花

我要走啦,走啦
走向绿雾蒙蒙的天涯
走哇!怎么又走到你的窗前
窗口垂着相约的手帕

不！这不是我，不是
有罪的是褐色小马
它没弄懂昨夜可怕的誓言
把我又带到你家

1982年2月

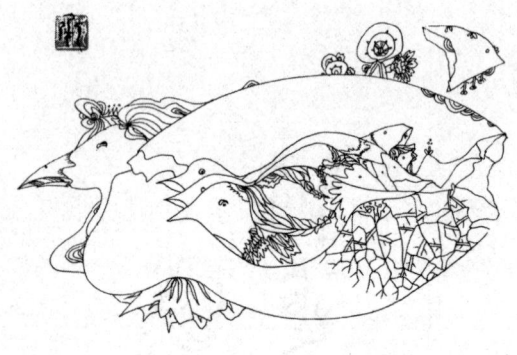
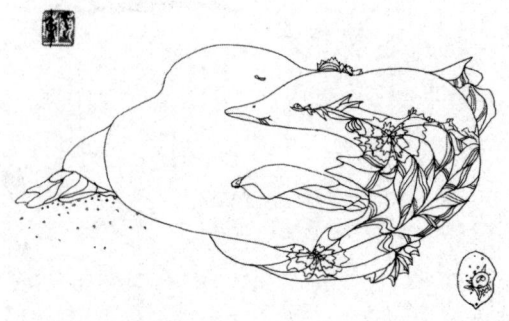

生　日

因为生日
我得到了一个彩色钱夹
我没有钱
也不喜欢那些乏味的分币

我跑到那个古怪的大土堆后
去看那些爱美的小花
我说：我有一个仓库了
可以用来贮存花籽

钱夹里真的装满了花籽
有的黑亮黑亮
像奇怪的小眼睛
我又说：别怕
我要带你们到春天的家里去
在那儿，你们会得到
绿色的短上衣
和彩色花边的布帽子

我有一个小钱夹了

我不要钱
不要那些不会发芽的分币
我只要装满小小的花籽
我要知道她们的生日

1981年12月

初　夏

乌云渐渐稀疏
我跳出月亮的圆窗
跳过一片片
美丽而安静的积水
回到村庄

在新鲜的泥土墙上
青草开始生长

每扇木门
都是新的
都像洋槐花那样洁净
窗纸一声不吭
像空白的信封

不要相信我
也不要相信别人

把还没睡醒的
相思花
插在一对对门环里
让一切故事的开始
都充满芳馨和惊奇

早晨走近了
快爬到树上去

我脱去草帽
脱去习惯的外鞘
变成一个
淡绿色的知了
是的，我要叫了

公鸡老了
垂下失色的羽毛

所有早起的小女孩
都会到田野上去

去采春天留下的
红樱桃
并且微笑

1981年2月

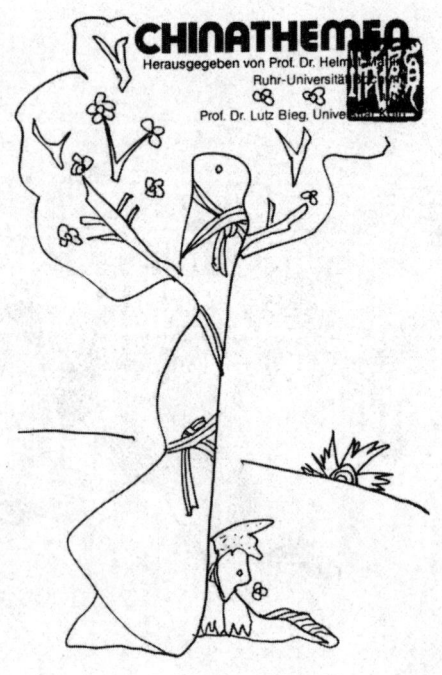

我的一个春天

木窗外
平放着我的耕地
我的小牦牛
我的单铧犁

一小队太阳
沿着篱笆走来
天蓝色的花瓣
开始弯曲

露水害怕了
打湿了一片回忆
受惊的腊嘴雀
望着天极

我要干活了
要选梦中的种子

让它们在手心闪耀
又全部撒落在水里

1982年2月

我会像青草一样呼吸

我会像青草一样呼吸
在很高的河岸上
脚下的水渊深不可测
黑得像一种鲇鱼的脊背

远处的河水渐渐透明
一直漂向对岸的沙地
那里的起伏充满诱惑
困倦的阳光正在休息

再远处是一片绿光闪闪的树林
录下了风的一举一动
在风中总有些可爱的小花
从没有系紧紫色的头巾

蚂蚁们在搬运沙土
绝不会因为爱情而苦恼
自在的野蜂却在歌唱

把一支歌献给所有花朵

我会呼吸得像青草一样
把轻轻的梦想告诉春天
我希望会唱许多歌曲
让唯一的微笑永不消失

1982年3月

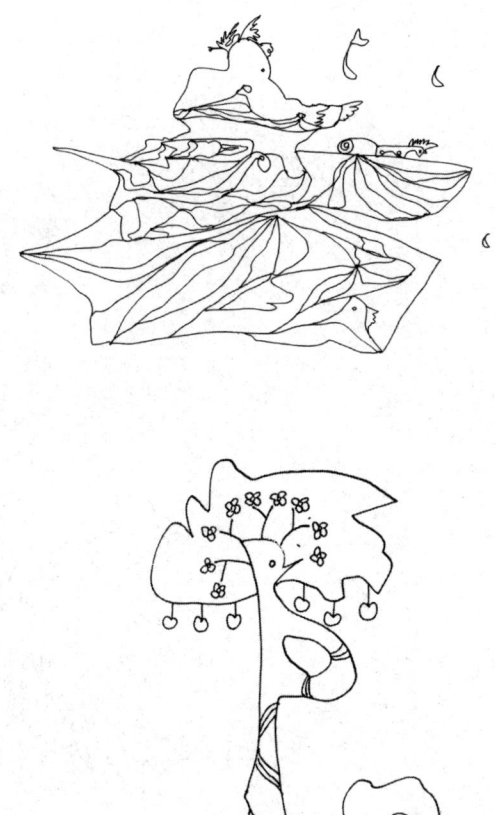

猿人之猎

由于饥饿的拉力
人的嘴歪向一边
褐色的愿望不停抖动
弓弧越缩越短

野兽突然弹起
撞碎了宽大的叶片
一缕真空的声音
总在后面追赶

鸟类们传播着智慧
芦竹变成了飞箭
它很想得到血液
把指尖涂得鲜艳

也许有一声鸣叫
变得曲曲弯弯
那些固执的大青藤

正是这样被扭断

死亡虽然丑陋
却能引起赞叹
渐渐聚拢的脚步声
还会向四面分散

已经脱落的树皮
也有报答的意愿
只要闪电降临
就会有跳舞的火焰

1982年5月

生命的愿望

一

春天来的时候
木鞋上还沾着薄雪
山坡上霸道的小灌木
还没有想到梳头

春天走的时候
每朵花都很奇妙
她们被水池挡住去路
静静地变成了草莓

二

所有青色的骑士
都渴望去暴雨中厮杀
都想面对密集的阳光
庄严地一动不动

秋风将吹过山谷
荣誉将变得黯淡
黑滚珠一样的小田鼠
将突然窜过田野

三

即使星球熄灭了
果实也会燃烧
在印加帝国的酒窖里
储存着太阳的血液

浮雕上聚集着水汽
生命仍在要求
它将在地下生长
变成强壮的根块

1982年5月

分 离

黑色的油污从山谷中浮起
乌鸦会飞
会带走我的羽毛

我还将留在世界上
在熄灭的细草中间
心最后总要滚动一下
才能变成石子

我知道历史
那个圆鼓鼓的商人
收购羽毛
口袋和他一起颤动
在习惯的叹息中
走下山去

1982年8月

CHINATHEMEN

Herausgegeben von Prof. Dr. Helmut Martin,
Ruhr-Universität Bochum,
und
Prof. Dr. Lutz Bieg, Universität Köln

门　前

我多么希望,有一个门口
早晨,阳光照在草上

我们站着
扶着自己的门扇
门很低,但太阳是明亮的

草在结它的种子
风在摇它的叶子
我们站着,不说话
就十分美好

有门,不用开开
是我们的,就十分美好

1982年8月

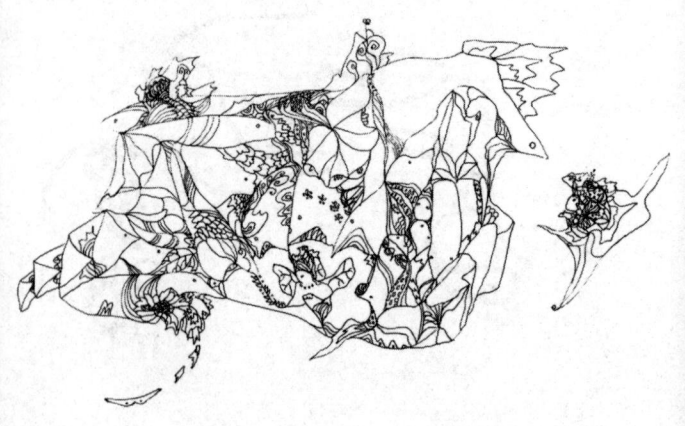

来 临

请打开窗子,抚摸飘舞的秋风
夏日像一杯浓茶,此时已经澄清
再没有噩梦,没有蜷缩的影子
我的呼吸是云朵,愿望是歌声

请打开窗子,我就会来临
你的黑头发在飘,后面是晴空
响亮的屋顶,柔弱的旗子和人
它们细小地走动着,没有扬起灰尘

我已经来临,再不用苦苦等待
只要合上眼睛,就能找到嘴唇
曾有一只船,从沙岸飘向陡壁
阳光像木桨样倾斜,浸在清凉的梦中

呵,没有万王之王,万灵之灵
你是我的爱人,我不灭的生命

我要在你的血液里,诉说遥远的一切
人间是陵园,覆盖着回忆之声

1982年8月

分别的海

    我不是去海边
    取蓝色的水
      我是去海上捕鱼
      那些白发苍苍的海浪
      正靠在礁石上
    端详着旧军帽
    轮流叹息

  你说：海上
  有好吃的冰块在飘
别叹气
也别捉住老渔夫的金鱼
海妖像水螅
胆子很小
  别捞东方瓶子
  里边有魔鬼在生气

我没带渔具
　　　没带沉重的疑虑和枪
　　　　我带心去了
　　　　我想，到空旷的海上
　　　　只要说：爱你
　　　鱼群就会跟着我
　　　游向陆地

　　我说：你别关窗子
　　别移动灯
让它在金珐琅的花纹中
燃烧
我喜欢精致的赞美
像海风喜欢你的头发
　　别关窗子
　　让海风彻夜吹抚

　　我是想让你梦见
　　有一个影子
　　　　在深深的海渊上飘荡
　　　　雨在船板上敲击
　　　　另一个世界没有呼喊
　　铁锚静默地
　　穿过了一丛丛海草

你说：能听见

　在暴雨之间的歌唱

像男子汉那样站着

抖开粗大的棕绳

你说，你还能看见

水花开放了

　下边是

　　乌黑光滑的海流

　我还在想那个瓶子

　从船的碎骨中

　　慢慢升起

　　它是中国造的

　　绘着淡青的宋代水纹

　绘着鱼和星宿

　淡青的水纹是它们的对话

　我说：还有那个海湾

　那个尖帽子小屋

那个你

窗子开着，早晨

你在黑发中沉睡

手躲在细棉纱里

那个中国瓷瓶
还将转动

1982年8月

订　婚

这个世界是唯一的
人都要回家
都要用布把星星盖好
然后把灯碰亮

影子扑倒在墙上
好像出现了门
接着又拖到床下
去啃那捆过时的消息

经过折叠的礼貌
悬挂在糕点旁边
客人们研究一番水彩
就用勺去划瓷器

妈妈叫女儿了
声音不长不短
水流平稳地抚摸着

没有洗净的碗碟

她在走廊尽头
靠紧钉死的窗子
河流在远处抽动
似乎闪耀着恸哭

1982年10月

我曾是火中最小的花朵

我曾是火中最小的花朵
总想从干燥的灰烬中走出
总想在湿草地上凉一凉脚
去摸摸总触不到的黑暗

我好像沿着水边走过
边走边看那橘红飘动的睡袍
就是在梦中也不能忘记走动
我的呼吸是一组星辰

野兽的大眼睛里燃着忧郁
都带着鲜红的泪水走开
不知是谁踏翻了洗脚的水池
整个树林都在悄悄收拾

只是风不好,它催促着我
像是在催促一个贫穷的新娘

它在远处的微光里摇摇树枝
又跑来说有一个独身的烟囱——

"一个祖传的青砖镂刻的锅台
一个油亮亮的大肚子铁锅
红薯都在幸福地慢慢叹气
火钳上燃着幽幽的硫磺……"

我用极小的步子飞快逃走
在转弯时吮了吮发甜的树脂
有一棵小红松像牧羊少年
我哔哔剥剥笑笑就爬上树顶

我骤然像镁粉一样喷出白光
山坡忽暗忽亮煽动着翅膀
鸟儿撞着黑夜,村子敲着铜盆
我把小金饰撒在草中

在山坡的慌乱中我独自微笑
热气把我的黑发卷入高空
太阳会来的,我会变得淡薄
最后幻入蔚蓝的永恒

1982年10月

# CHINATHEMEN

Herausgegeben von Prof. Dr. Helmut Martin,
Ruhr-Universität Bochum,
und
Prof. Dr. Lutz Bieg, Universität Köln

南国之秋(二)

我要在最细的雨中
吹出银色的花纹
让所有在场的丁香
都成为你的伴娘

我要张开梧桐的手掌
去接雨水洗脸
让水杉用软弱的笔尖
在风中写下婚约

我要装作一名船长
把铁船开进树林
让你的五十个兄弟
徒劳地去海上寻找

我要像果仁一样洁净
在你的心中安睡
让树叶永远沙沙作响

也不生出鸟的翅膀

我要汇入你的湖泊
在水底静静地长成大树
我要在早晨明亮地站起
把我们的太阳投入天空

1982年11月

异 地

冷冷落落的雨
弄湿了洼陷的屋顶
我在想北方
我的太阳和灰尘

自从我离开了那条路
我的脚上就沾满泥泞
我的嘴就有苦味
好像草在湿雾里燃动

我曾像灶火一样爱过
从午夜烧到天明
现在我的手指
却触不到干土和灰烬

缓缓慢慢的烟哪
匆匆忙忙的人
汽车像蝴蝶虫一样弯扭着

躲开了路口的明星

出于职业习惯
我赞美塑料的眼睛
赞美那些模特
耐心地等小偷或情人

我忘了怎样痛哭
怎样躲开天空
我严肃地摇着电线
希望能惊动鸟群

1983年2月

最凉的早晨

树木背过身去哭
开始是一棵
后来是整个群落
它们哭到天明
雪白的尘埃就覆盖了一切

一切都在尘埃中飘浮
微微错动的影子
忽明忽暗的脚步
走直线的猎人
不断从边缘折回

在早晨的中心
有一只暖暖的小熊
它非常宠爱自己
就像是
大白山的独生女儿

1982年11月

CHINATHEMEN

Herausgegeben von Prof. Dr. Helmut Martin,
Ruhr-Universität Bochum,
und
Prof. Dr. Lutz Bieg, Universität Köln

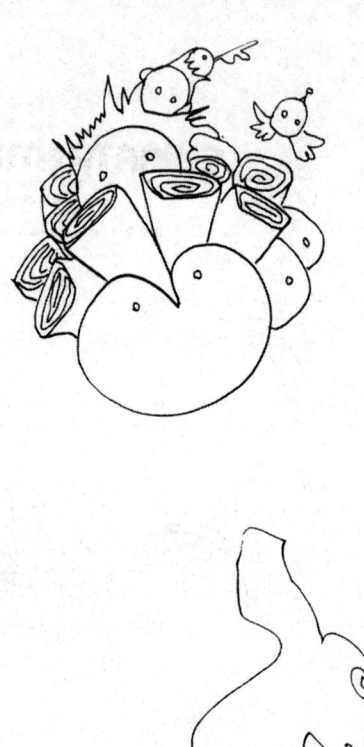

剥开石榴

安达曼海上漂着自由
安达曼海上漂着石头
我伸出手
向上帝傻笑
我们需要一杯甜酒

每个独自醒来的时候
都可以看见如海的忧愁
贤慧的星星
像一片积雪
慢慢吞吞地在眼前漂流

就这样无止无休
最大的炼狱就是烟斗
一颗牙
几团光亮的尘沫
上帝从来靠无中生有

那些光还要生活多久
柔软的手在不断祈求
彼岸的歌
是同一支歌曲
轻轻啄食过我们的宇宙

1984年2月

就在那个小村里

就在那个小村里
穿着银杏树的服装
有一个人,是我

眯起早晨的眼睛
白晃晃的沙地
更为细小的蝇壳没有损坏

周围潜伏着透明的山岭
泉水一样的风
你眼睛的湖水中没有海草

一个没有油漆的村子
在深绿的水底观看太阳
我们喜欢太阳的村庄

在你的爱恋中活着
很久才呼吸一次

远远的荒地上闪着水流

村子里有树叶飞舞
我们有一块空地
不去问命运知道的事情

1983年11月

是树木游泳的力量

是树木游泳的力量
使鸟保持它的航程
使它想起潮水的声音
鸟在空中说话
　　　它说：中午
　　　它说：树冠的年龄

芳香覆盖我们全身
长长清凉的手臂越过内心
我们在风中游泳
寂静成型
我们看不见最初的日子
最初，只有爱情

1985年5月

万　物

每个人都被河水洗过
　　　都有一片土地
在那里生长着繁茂的韭花
　　草弯过来编成篮子
河那边有集市
有开紫花的短墙
　　太阳晒着的悬崖
　　住着魔鬼的儿子
每个人都像蒺藜那样
　　堆放　散开
阳光下摇一摇根须

1985年

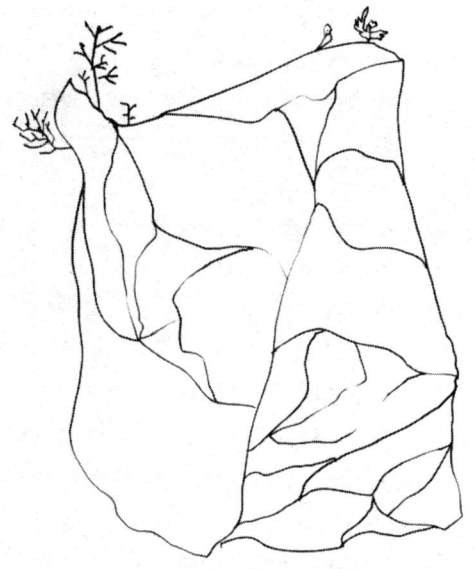

届　时

一小片风景进了院子
陪来的
是字
头一扬一扬
没注意就爬满了铁丝

总坐着
看字
风吹得枝划到处都是
脸上　鞋上
历史书　到处都是

女儿从一楼走上楼顶

1986年1月

革 命

上天的手
写下那些字

平原上的暴行
小小宇宙中的舞会
不是谁践踏了谁
绿草丝缠住了所有车轮

大海并没有翻身
蓝色还那么干净
它只用一根吊线
就弹碎了水珠的安宁

绿草在墓石中延伸
一支木笛持续发音

1986年

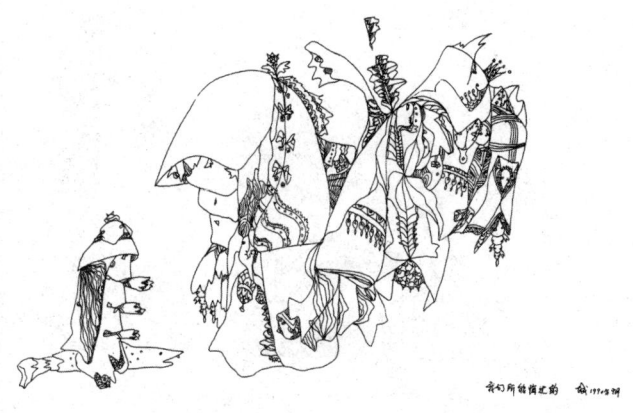

我们所能确定的 钺 1991.5.29

瀑 布

存在就是规律
规律就要服从
人代表世界杀害自己

那道瀑布有无声的临近
洗去我和亲人,最坚忍者
也只能看见自己的眼睛

她精力旺盛得像一个菜园
我们的不幸有所区别
我们都是睡瓶中扭转的饰纹

没有书我们就读叶子
我也许是那些还会游泳的黄金
白木桩让平原听到声音

空气中的光明
使我们的手对称

1986年5月

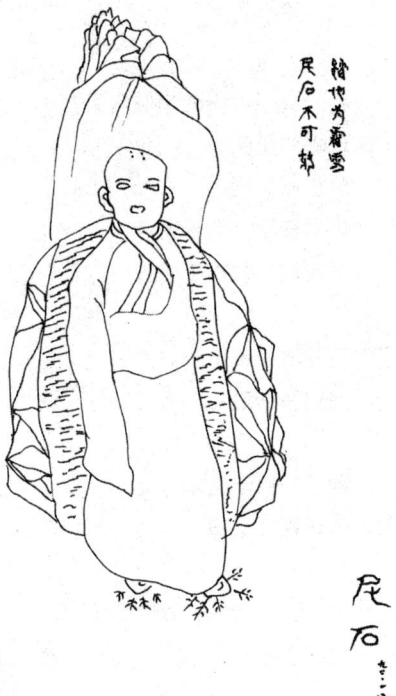

子 弹

我听够了世界的胡说八道
说鸟属于网
鱼也属于网
牛属于锯开的松树
南美洲牛蝇属于松胶

我的嗓子属于公鸡
而鸡属于最后一刀

种了二百年玉米
子弹直往下掉

光荣属于齿轮,柔软属于黄金
我只想在天涯海角放石头和葡萄

1986年10月

日 益

他们在柱子的灰烬中间
被一阵阵记忆所侵扰
手莫名拍到鼓上
生命由此奋起

叶子四下舒展
箭翎翻覆如歌
笛声亮于太阳
倾诉的并不是一件事情

1986年

表 达

我要到大世界去
去看那些小玩具
这边刷刷漆那边刷刷漆

玫瑰
如血之日
如水之时
一些简单的词
"如花似玉"
在众人中传奇

我害怕
瘦弱的人看过的春天

1986年12月

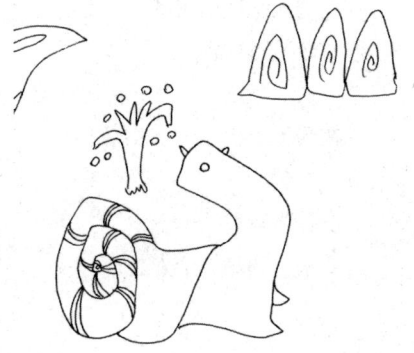

转　弯

梦里有许多
　　　　房子　它们是
　　相通的　从这个台阶
　　　到那个台阶
每个转弯　都必须
　　　十分合适

云鸟尽头的绿光
棕红的大地现出果子
他对我讲过死亡
　　在一条路上
　　在我手上放了种子

　　没有声音
　　后来　我是一个人

1987年4月

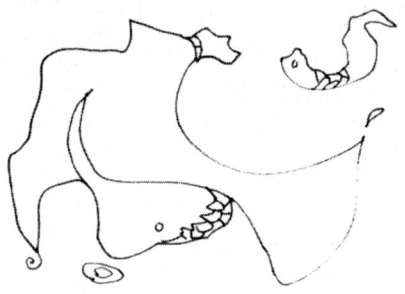

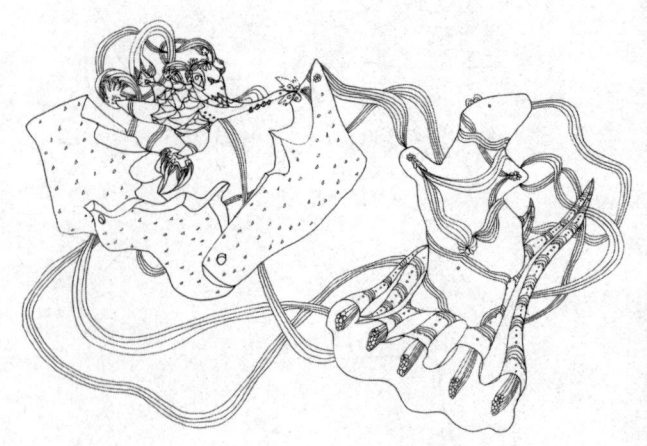

复有笑容

落进草地的时候
蛇在树上舞蹈
果子隐隐作痛
声音变成个家伙

开始工作的时候
需要网和鱼竿
减少梦中的人口
细细把石块系在城里

虽然帝国崩溃
时间已成为阴影
一个漏了的罐子
活生生爬出小虫

古巷声声　弄瓦时
诗随人　人随梦
那本书很大　光线微斜

他抄蝴蝶的名字

我把枯萎的花放回地上
死后的中午枕石而睡
世界重又安定
人群复有笑容

1987年5月

直 塘

鸟
　　在岸上睡了
鱼
　　在水里睡了
柚子在沙田坝里垂着

十几里水,十几里月色

水在天上
天在水里
云彩悄悄隐没

十几里水路睡了

有人放桨
唱歌
　　咿哦,咿哦
十几里水

草晃了

早起的人遮遮灯火

1987年6月于奥地利

往 世

来到这个世界上
我什么也不知道
我只知道
我忘了一件事
我用诗想这件事

来到这个世界上
我知道了一件件事
都不说
那件事
诗让我说那件事

我会逃走
路会消失

1987年6月（德.明斯特）

墓　床

我知道永逝降临,并不悲伤
松林间安放着我的愿望
下边有海,远看像水池
一点点跟我的是下午的阳光

人时已尽,人世很长
我在中间应当休息
走过的人说树枝低了
走过的人说树枝在长

1988年1月(新西兰)

字　典

我们带来了饼干
带来一把闪光的大锯
带来了钉子和很多世界的东西
我们来自一个沉船

世界在深处吐着银泡
一次次企图依靠记忆
我想起山上有一个字典
被早晨的阳光翻来翻去

在有花的地方坐下
一切将从这里开始
我的妻子要为我生育部族
树木摇动松果　针叶瑟瑟
　　　描画心中的花纹

1988.7

编者注：1988年7月初起作者移居岛上。

计谋

雨下到地里
一直下到地里
穿过叶子和花

花都死了
一朵死在高处
叶子高兴极了
它们向阴暗以外移动
停在光那儿
好让花继续变丑
连绿棺材都没有

雨葬在大地深处
我喜欢雨的安葬
让更多的雨下来

1989年3月

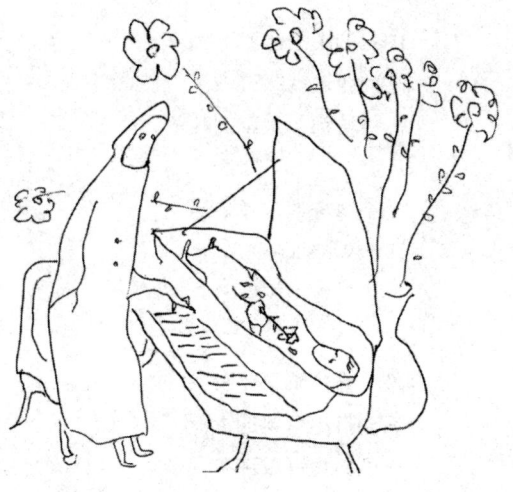

一个夏天

中午的影子让我忧愁
它向西边就飘过去了
一枝枝都像水草的叶子

一个夏天就这样生活
水湾平静地流着洪水
一支歌唱出了许多歌

敲一敲台阶下还有台阶
石头打出苹果的青涩
一棵树也锯成许多许多

烟和咳嗽最喜欢搅和
娃娃笑总比哭令人快活
风起时门前已经空廓

1989年3月

编者注：南半球的三月是夏末秋初季节。

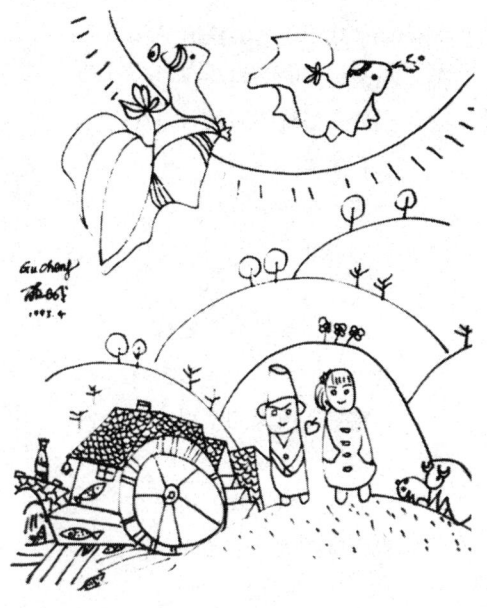

万 一

我喜欢用黄木头盖房子
当天气好的时候
当云彩很淡的时候
夹着泥土
一块一块
垒到高处

每天我只要收一粒稻谷
我害怕期待
也害怕　巨大的幸福

我喜欢　每天收一粒稻谷
在万字中走一的道路

1988年9月

实　话

陶瓶说，我价值一千把铁锤
铁锤说，我打碎了一百个陶瓶

匠人说，我做了一千把铁锤
伟人说，我杀了一百个匠人

铁锤说，我还打死了一个伟人
陶瓶说，我现在就装着那个伟人的骨灰

1989年11月

Sorte øjne

鸡春卷

棉被盖在毯子下
不冷　　老篝火
新床单　一样凉的青土

我心里悲伤
像死亡
照亮集市上一个个摊位

云临万物　　真有你吗
滂沱大雨仍通过我
像是通过一道深深的峡谷

泉水微笑只因自身的甘美

（鸡没了，变成春卷了）

1990年6月

从 心

火在夜里工作
烧南边的岩石

两朵花在风中走近
用芳香相互触摸

最美的是界限
微妙的边和转折

1990年7月

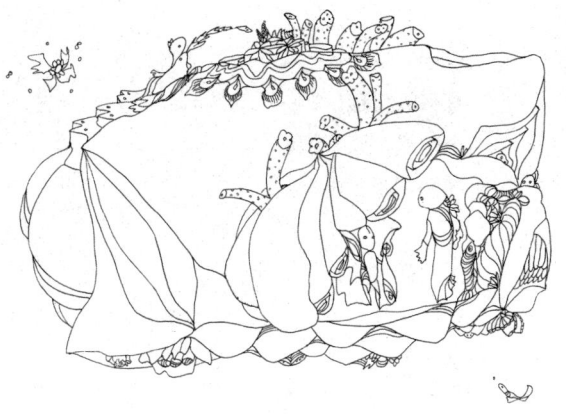

蛋 糕

很远的蛋糕
客气的蛋糕
全部战争源于铜矿
而铜矿源于电报

每次死亡都成为启示
你由于过度惊吓
没有长高
每个启示都是讣告

那些事物不是通过我
而是通过透明的夜空
长成的枝条

凿门上的花纹
她们的美丽
已经消失

1990年8月

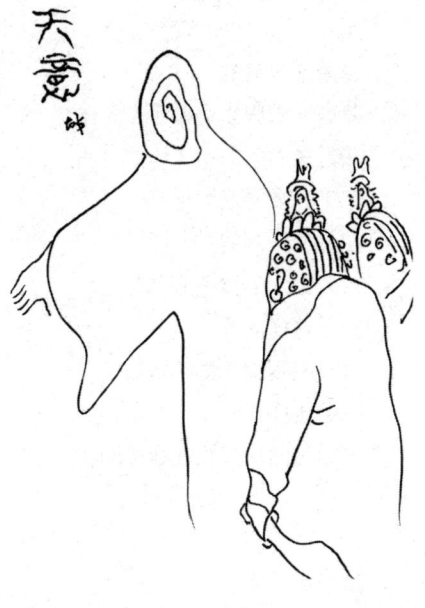

花是这样落的

花是这样落的
裁剪新衣服累憔悴了
花是这样落的
写了一夜诗泪流尽了
花是这样落的
看见露水的孩子心蕊化了
花是这样落的
对月亮发脾气把头发拔了
花是这样落的
最后忽然想起抓住蜗牛的小房子

藏于落花中间
蜗牛它不冷么?

有些无关的蘑菇成了传说

1990年8月

陶

小孩　这里有一片烟
一个树叶
一个长鼻子的故事
你可以呆会
不要钱
没人说你
管你的人都在外边
他们喝汽水去了

笑就笑
鸟会在你头上叫出画来

1991年2月（摆摊小记）

编者注：作者于当地集市上除做春卷售卖外，亦摆摊售画售陶售书。

因为思念的缘故

我会慢慢修一条小路
使它通向林中小屋
玻璃上有太阳和蓝色
还有金银草和小鸟飞舞
我让木风车轻轻转动
播撒我们心里的幸福
我让阳光没有遮拦
穿过我们透明的肌肤

一颗心被箭射中
因为思念的缘故

许许多多大昆虫说着
就开始和鸟抢吃苞谷

有一些被羊吃掉
剩下的还得提防老鼠
我们把事情安排停当
就回想那个听来的地图
说山也高林也密月亮都怵
说进不去出不来风都糊涂

我知道这一天无法记住
因为思念的缘故

一路上我收集了些种子
想它们重新开花长成小树
星星打扮好了都在下山
月亮犹犹疑疑却不孤独
空地上有我刚翻过的绿土
擦擦锄就落进了迷雾
忽然落到梦里变成件衣服
在你离去时为你祝福

字迹已经模糊
因为思念的缘故

1991年3月

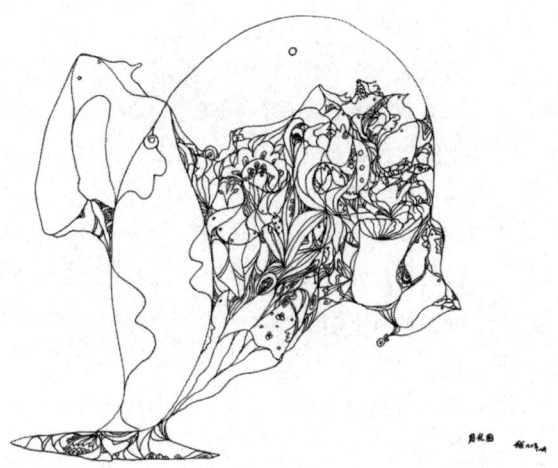

窗 子

云从这一岸飘到那一岸
再要看　就要移移颈子
那时目光柔和四肢细弱
一小片轻微的知觉

所有人都在白天取暖
就像被风推倒的麦子
过山去了
每一粒都梦见

1991年4月

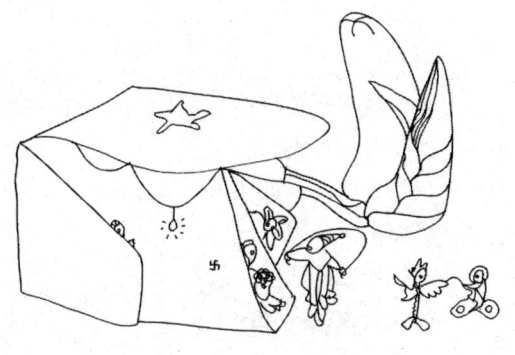

复 习

没有上帝
我们就向历史呼救
换了好几种语气
把诗也做成一种梯子
可以上下奔跑
丢掉钥匙的时候
就爬公寓的一处窗子
我们过于努力
结果爬进一锅汤里
这汤煮得太久
已看不见任何东西

1991年7月

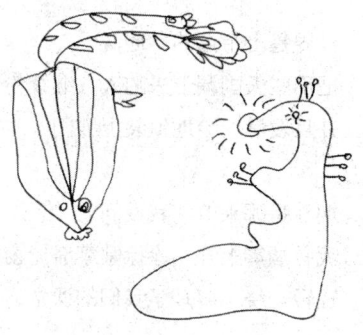

邓 肯

考试是中国发明的　他说
然而世界通行　人可以透过筛子
（有很多方法）变成面粉和饼干

法律是希腊完成的　他说
人可以变成安全的灰土　看罪犯　梦
在壁炉里燃烧　不会溅出一点火星

世界是上帝造的　他说
把那些天国漏下去的人　继续粉碎
并且发酵　给地狱装上纱门

烟斗是哪来的　我没问
我看烟雾上升　徐徐蒙蒙靠近窗子
轻轻一绕　离开了我们的课堂

1991年8月

你喜欢歌谣

你喜欢歌谣　孩子
这歌是唱给你的
这漂亮的蜜色的火焰
一次次被秋天吹动

早晨干净得像一块玻璃
上边有水　亮着
开始还不知道呢
为你在树林里歌唱

唱过的树都倒了
花开如火　也如寂寞

1991年9月

编者注：作者在自己基本同期的纪实散文《养鸡岁月》中，写有：
你喜欢歌谣　孩子
唱过的树都倒了

花开如火　也如寂寞

活命歌

修个平台
建个厕所
生命生活微微相合
砌个梯田
搭个鸡窝
生命生活悄悄错过

生命助长生活叫创造
生命毁坏生活叫罪恶
生活中有生命
  生活才有意义
生命中有生活
  生命才有依托

祝愿我们永远幸运
生命的力量不要太强
生活的惯性不要太弱

1991.6

编者注：修筑平台、厕所、梯田、鸡窝，都属作者当时所做的事。

有 天

总有那么一天
阳光都变成叶子
我的路成为宫殿

每块石头都可以住一住
那里的花纹
　最大的画家都惊叹

总有那么一天
叶子都变成阳光
我的木台升到天上

每个小钉都会讲故事
那里的新奇
　最小的孩子都入迷

1991.7

编者注：作者所说的"我的路"和"我的木台"应指作者自己打石修筑的上山石阶路和自己钉建的木平台。

家乡的树（歌词）

家乡的树，醒来了
伸出手指，碰碰我
碰碰我
一叶叶绿到天上去

这样亮的傍晚
这样近的火
醒来了，家乡的树
有什么你想告诉我

这么近地看着我
是有一些话要说？
是有一些事要做？
家乡的树呵，我从来
没想到，你活着
没想到，我醒了

1991.8

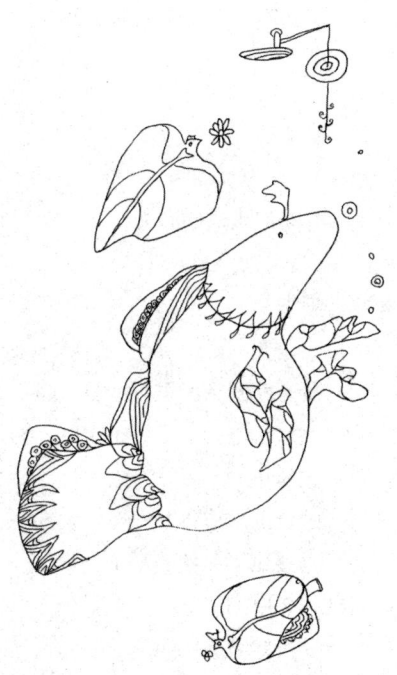

许多河水

　　　她的魂
上花
　　　许多河水流向昨天

花台阳阳的
　　　　　要下雨
　　　月光就回到泥里和水里

正午也是正秋
　　　她走到水边
　　　　看见了深色的影子
发现很久以后
　　　才开始今天的生活

1991.9.2

然 若

一直走,就有家了
那个人没走
铁狮子巷没了
二十岁的地方
　　　　都不见了

好像是挂在树上
说明飞过
看一片绿绒绒的青苔
说是草地

现在树枝细着
风中摇摇
二十岁的我们
　　　　都不见了

树身上有许多圆环
转一转就会温暖

1992.8

岛

好久没看见雪了
只有春天　和绣球花
开得盛呢　盖着
我薄薄的屋顶

有人爱花　有人爱人
有人爱雪　而我
却爱灰烬的纯洁

提水看山　看火被烟带走
落叶纷纷　绿荫长长
光束累累

阳光　水　和灰烬
　一朵花的颜色
爱的三个季节

1993.7

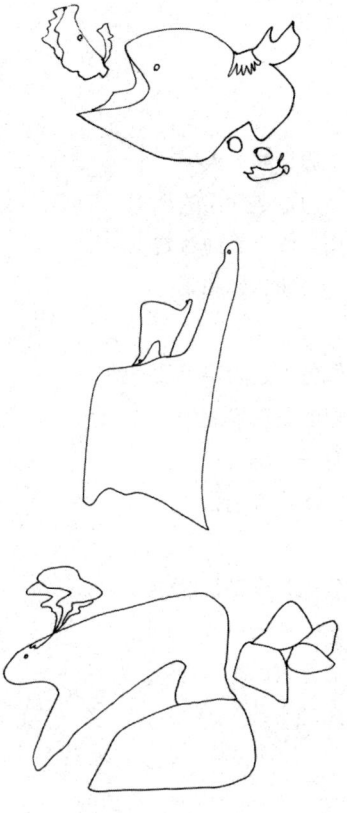

婆 罗

一边是鲜花大树
一边是结硬果的小树
猫那样小心地看着
使事情重要起来

做各种阴险毒辣的表情
忽然发现猫的内心
有一个洞
它不会说出去

到死在众说纷纭中
有一片云
会像雪山
一动不动

1991年11月

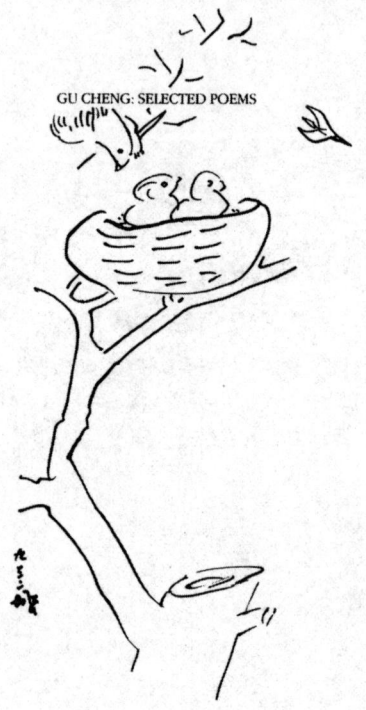

GU CHENG: SELECTED POEMS

要用光芒抚摸

：
这个岛真好
一树一树花
留下果子

我吃果子
只是为了跟花
有点联系

.

光没有罪恶
要用光芒抚摸

你把我没入水中
吐出空气
吐出人和树
你让我站到最深的地方

站在柔软凄凉的光上

我知道我的道路
是最美的

1992年1月

大禹的自白

在"粉碎"的年代,大禹塑像曾被砍下头,放在垃圾车上游街示众——

涉过漫长漫长神圣的死亡
涉过天国和冥府的阶梯
我的头颈
和后人加上的冕旒
一起落下,落向
埋葬过我的土地
无数清秀的孩子欢呼着
他们交迭的手臂
那么年轻
既没有纯白的光泽
也没有河堤一样
隆起的血脉
多么奇怪,他们相信
我是神明
我工作了四千年

往无数颅穹中
装愚昧的黏土

感谢他们
感谢他们的轮子
文明的繁星
就是在转动中布满天空的
所有惊醒的我都看世界
都看街上,那么高兴
似乎找到了怪异娃娃
喧闹也会旋转
像一个恍惚的青色玉璧
像我见过的乞讨和烟
然而,在那遥远的时间里
在褪色的腰门
和排门后面
在破碎的桶板和泥炉后面
在我所苦恋和憎恶的
河流那边,则是沉默
——水和泥,从古至今
雾,拱桥,饱含泪水的豆荚
脱发的老人,帐中的幼婴,山和海洋

他们并不刻毒

不需要上诉
不必看由于阿谀、威胁
所产生的皱纹
我枕的是落叶和石筒
枕着
的确存在的一切
我的旅榻是柔软的
让那细细的竹梢抽打吧
驱赶彩色的蚊虻
对于油漆面具
我早已厌恶
我的肤色
是大地和木材的颜色
是太阳下江水的颜色
只有这种颜色
绘出了我的伤痛

我被粉碎
风干的思念，发出响声
淡黄的烟升起
在暂短的阴霭之中
树林充满寒噤
我依旧愉快
像真实的我一样

在雾雨中
渗入几丁质的薄壳
渗入种脐
去到每颗种子中新生——
穿过红麻绵长的神经
金合欢的花萼
在枝头,让微笑沾满露水

我渗入
地基
和无数乌瓦、红砖的裂片混杂
还有风化的糠屑
壁画的灰
铸铁的焦渣
在一阵阵可怕的压榨之间
是统一的足迹
鼓的跳跃
炮竹——被撕碎的卷宗
大片大片的
青果般滚落的号子
之后是水泥
这灰白的果浆并无味道
在鲜稻草的濡湿之中
是长久的肿胀

麻痹
使我又想起息壤的故事

我凝结
我的思想
重新成为大地的思想
牢固得铁和火都难于取消
分散到处，整体的我
承托着这些——
生命，死亡
簇新渐而绽裂的圆鼎、碑石、风
蓬草和风筝的竹筋碎骨
钩吻草和锚
浅草地、草原和通红的地毯
各色的花和各色的血
公开和隐秘的凶杀
一个个烫手的弹壳
冰凉的螺壳
蜗牛一样依附在远近的村落
宏伟的版图
转瞬成了干枯的苔色……
我的爱悄然无声
不是胆怯也不是自豪
我茫然的胸膛

充满卵石
那些我征服过的石头
充满了灾难动荡的无声喧响

一阵鲜红的血的潮汐过后
预言将浮现
就像无数布满斧痕的断木
停在芦花中间
河溪忘记了追问
湖还在沉思
大群大群的
由于不断醒悟而苍白的云
回到劈碎的三角洲上
它们依恋水面
天空因高远而肤浅
不能给一个倒影
静是最美的乐曲
虹在雨燕翅上展开
光谱里没有了天真的草绿
我在淡淡的水光下
苏醒又蒙眬
长眠
甲骨钟鼎书牍锦帛纸张印刷
长眠

土地依旧楚痛
泪水难以吸收
玩具在街巷漂流……

我不会瞑目
这样多的磷
在我身体里燃烧
这样多的蓝色魂灵
不让我合上眼睛
这样多的陨星和迸溅的麦粒
送走，迎来，又送走
"可能"，是一个新词
可能是对儿时游戏的回忆吧
可能是我屏住的呼吸吧
可能只不过是些插图吧
从西方沙漠归来的海风
把它们吹成碎片
又扬上高空
让一阵阵潜在的激怒
和霞从天际涌出
这样的呼喊应当扩展
像伞，像蓝天
让所有行走，沉睡，拥抱的人类明确
在我头顶

一个亘古的信念早已铸成

1980年7月

◎（作者注）息壤：传说中一种能自己生长永不耗减的土壤。

编后记

顾乡

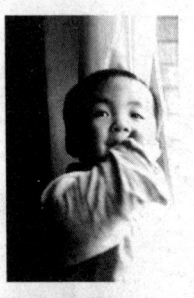

顾城三岁。此刻他正站在他喜欢的窗户前。他爬上椅子再爬上桌子然后站到这里……

顾城是我的弟弟。我有弟弟，这已经是过去的事了。过去十五年了。

十五年回首是不堪的。再往前是有弟弟的时光。

他从小就是个纯净的孩子，你说什么他就信，这时你可别骗他。他所有的事都听，充满期待，眼睛明亮。他尊敬书，手干净时才去翻，从不掀开到180度。他喜欢小人书，对每个小人儿可以说都倾心热爱。他也喜欢讲给你听，你不听时他会到另间屋去，隔着大床对着墙讲，手里舞个带子。很厚的书，他有时竟读得飞快，然后沉浸在呆想里，一旦你问他就讲得你也发呆，过后你去看那书，会觉得他讲的故事更好。他很喜欢别人，但别人会让他失望，他越来越害怕失望，也许因此变得不好意思。男孩们会撕麻雀、点燃天牛角、捉青蛙打得胀得老大，拉住野猫尾巴甩得飞快然后一松手让猫飞出去，这样的事他撞见就发抖，脸煞白，浑身冷汗，人家就笑他。他羞于表达好意，就示以蛮横。他三岁多些时一次从窗户摔出去，头撞在砖尖上昏过去缝了好几针，后来他说他的数字概念给撞坏了。他从小好发高烧，为了不吃药不打针总被一至几个大人按住。他的左眼连同视力为高烧所伤。从很早开始，他的话就经常让我吃惊，那么不同于课堂上的和听自别处的。我总是想他的破绽，以为想出来了就去找他，他的回答永远出我意外，再三再三之后，我知道了他话的出奇，出于才华不是根本，根本在于那真是以他深切的生命体验和难以克服的深思为代价的。至今我知道我不能描述他会怎样，因为从来我以为他错了的时候，都是我错；但是他不会怎样，具体到一样样上，我是敢肯定的。

后来经过了很多事情："文革"全家去农村，十七岁返城他以改造社会也改造自己的信念，坚持去社会底层做被认为极为低贱又极其艰苦的重体力工作，试创作工农兵文艺，回归艺术，结婚，应邀出国，定居他后称之为激流岛的岛上力图自食其力，又成全家人愿望赴德工作——前两年小量印刷有四卷本约150万字的《顾城文选》，那也可以看作是个传记。

他聪慧、灵动、谦和、达观，他又认真严谨、寸步不让。他看着世界也看着自己，他看见了注定，也看见了无限的自由。"生命和生活无关"、"感性即自然的理性"、"人可生如蚁而美如神"……这都是他的话。

他有许多错，但一定不比大多数的人错更多。他到这个世界上来，占用的是很少的，他甚至只上了三年不完整的小学，他不吃好的不穿好的不用好的，而他给予这个世界的，我认为是多的，他十八九岁时，在北京严冬的小街上赤膊独自拉大锯的景象此刻清楚地正在眼前。

没有他的十五年里有许多事情，不在这说了。

现在他一直惦记的屋顶终于换上了新的。孩子也长大成人。

他的文作（诗文、画、录音）散失，有限的收集中，诗是两千多首。顾城在1987年5月出国前的多年里，保持有将写下的诗抄整入册的习惯，这个习惯到了八四八五年之后变弱了，而出国以后就中断了。他写是不可遏制的，到后来完全成了个自然现象，他说写诗是他的一种呼吸方式。对于抄留和抄送发表，他则越来越难经心了。1992年初他获DAAD之邀赴德，因不愿离岛直拖至临行才匆匆收拾了些字稿带上。他将赴德完全看作尽职，在那期间他努力工作，后来约150万字的《顾城文选》其中大部分内容都是那时留下的。他将带去的那部分写在几年间的诗歌也做了抄整，并不断写下了新的诗歌。这些后来严重散失。许多人帮助做了收集工作。尤其是陈二幼（顾城友人，《顾城文选》编者之一）和江晓敏（顾城之城网站创立者，《顾城文选》编者之一），他们无名无利、诚心诚意，高水平地分别做了大量至关重要的工作，没有他们就不会达到现在的收集和整理。对此我永远心怀敬意。

　　陈二幼毕业于中央美院，论画论文论见地、人品都很不俗。她在编整的过程中说："顾城作品清澈见底，他好像从来没有长大，又从来充满最高的智慧，真正奇妙。"江晓敏感受顾城时说："顾城终生以诗为生命，以生命为诗。"他们的描述我觉得都是精准的。

　　在此还要感谢于奎潮先生，他的眼光和见识使这一编选有了新的角度，使顾城得到了多一些的显现。

2008年10月6日

年代诗丛
第三辑
韩东 主编

饭泡粥

竖 著

江苏凤凰文艺出版社

图书在版编目（CIP）数据

饭泡粥 / 竖著. — 南京：江苏凤凰文艺出版社，2025.1
（年代诗丛 / 韩东主编. 第三辑）
ISBN 978-7-5594-8101-6

Ⅰ.①饭… Ⅱ.①竖… Ⅲ.①诗集－中国－当代
Ⅳ.①I227

中国国家版本馆 CIP 数据核字（2023）第 215204 号

饭泡粥

韩东 主编　竖 著

出 版 人	张在健
策划编辑	于奎潮
责任编辑	孙楚楚
封面题字	毛　焰
装帧设计	周伟伟
责任印制	杨　丹
出版发行	江苏凤凰文艺出版社
	南京市中央路 165 号,邮编:210009
网　　址	http://www.jswenyi.com
印　　刷	苏州市越洋印刷有限公司
开　　本	787 毫米×1092 毫米　1/32
印　　张	6.75
字　　数	110 千字
版　　次	2025 年 1 月第 1 版
印　　次	2025 年 1 月第 1 次印刷
书　　号	ISBN 978-7-5594-8101-6
定　　价	47.00 元

江苏凤凰文艺版图书凡印制、装订错误,可向出版社调换,联系电话 025-83280257

目 录

走	001
？	003
长途车	010
刘关张共同解决的第一个问题	017
火车的关系	019
静静的南望山	020
树荫	021
臭水河	022
广州赛马场	023
木棉花开	024
和一个混蛋去埃及	025
菜青虫	026
落地窗帘	027
扫楼道	028
橡皮酒吧	029
打麻将的人来了	031
是我	035

杨絮飘飘	037
嘿 Man,你未必知道这世上所有的深情	039
地铁从公主坟出发	040
在长生殿	042
我的灵魂	043
胜利达坂	044
巩乃斯林场	046
坐井观天	048
戈壁	049
牙疼	051
博斯腾湖	052
轻轻的五十克拉	053
甄小姐需要一个笑话	054
结婚	055
石头城	056
相当于再见的失败	058
聊斋	059
黄昏	060
我和我的邻居们	061
红金鱼	062
大暴走	063
牡蛎	065

月光	069
蒲公英	071
祝你幸福	076
栀子花	078
寡酒	080
四季花园	084
反对无效	088
缘分	089
田园	093
散伙	097
UB	100
一日见闻	102
夜宵车	105
肉	108
坐电梯上四楼,坐电梯下一楼	110
他被颠覆了	113
溪口	115
回家吃饭	117
敬老院	123
随机	126
瀑布	127
莫迪利亚尼	135

奋斗	136
辞职	140
家务	147
佳话	152
海葬	157
奉化午后	160
戒烟	168
给你喜欢却不能在一起的人	170
窗外有什么	171
南翔	175
昭觉县	177
姑苏	179
洗澡	181
对对对	185
商榻	196
金姚	207
一个说明	208

走

我直走

水平地走

但感觉是往上

之间,我感觉被什么绊了一下

而我没看到任何东西

继续走

继续一种往上的感觉

但这时混合了另一种感觉

我觉得这条路

被我越走越窄了

可是环境并没有变窄

但那种变窄的感觉却越来越强烈

使我无法继续

终于,我不再笔直走下去了

我拐了个弯

一拐弯我便觉得在往下走

是往下的感觉

虽然还是水平地走

但，直觉是往下

而且越走我越觉得

刚才往上的感觉是真的

比那会儿要肯定得多

当然，现在感觉在变宽了

越来越宽

而且我又被绊了一下

同样没看到任何东西

又走了一会儿

我停住了

这时，我突然出现在第一次被绊的地方

我换了条路

和刚才的感觉不一样

这次连感觉也是水平的

我走到的地方

是我第二次被绊的地方

我不知道我这一通走的意义何在

它的形状是 A

?

题目
到时候再说

现在什么状态不是我要说的
我删掉了
状态描写的三十多个字
它们现在
还在剪贴板里

我曾在一家音像店做过售货员
那家店现在还在
但它对我来说已经不是从前那家店了
我肯定不会再去了

确切地说,我记得那段时间的我
98年春天
一切开始色彩斑斓
我靠着在那家店打工的工资活着

我手头有个本子

记录了我在那段时间

经历的一些事

碰上的一些人,以及一些感想

但我不确定

除了我谁又有兴趣知道

像是一个少女怀孕了

可她还没准备好

那是我在98年5月3号写下的一段话

她觉得,如果把孩子生下来

将来就会变得一目了然

她希望自己是个谜语

可以让自己一直猜下去

一个候选……谜语

98年5月3号

那篇日记叫《合影留念》

我常想留住一些东西

声音

画面、感觉等等

虽然还原

几乎是不可能的

一共四个人

都二十来岁

李轶非、姜为力

孙杰，还有我

我们都是卖打口带和打口 CD 的

因为这个原因，我们成了朋友

当时，我们在孙杰租的地方

查通讯录：控江路 1468 号 506 室

那是一间朝北的十平米小屋

租金当时是每月 300

窗前放着一张木制的写字桌

桌面很乱

除了有一排书

还有 CD、卡带

信纸、圆珠笔

拆了封的条装"牡丹"

空啤酒瓶两个

一些音乐杂志

一本应该是正在看的书

商务版的《权力意志》

书里夹着一张扑克

一张单人床正对着写字桌

在屋子的南面

写字桌与床之间,是片空地

中间放了两张方凳

其中一张上,有一架 14 寸黑白电视机

电视机上有一部 VCD 机

地上放着好几条打口带

有一些尖货,但不是很多

当天是周末

我们先是听了一会儿"地下丝绒"67 年的那张专辑

Nico 的声音温暖得像想象中的妈妈

天黑之后

我们出门吃了点东西

买了酒和花生

然后一起看了帕索里尼的《一千零一夜》

片子是姜为力搞来的

他说,他的两条腿都快跑断了

他有好几本工作手册

记的内容都差不多

上面有很多导演的名字

电影的名字

有时还有剧情介绍

主要是一些西方的老电影

《一千零一夜》

我看了大概十分钟就看不下去了

不就是一部另类科幻片嘛,我说

姜为力说:瞎说,你懂啥

我说:我懂另类科幻片啊

李轶非在那笑

孙杰没吭声

当电视切到甲 A 时
他显得比看电影时要兴奋
我和李轶非开始喝酒
抽烟
烟是大前门

关于那天,我还记得一些片段
姜为力因为食物中毒在下午
要去防疫站打一针
我和楼道里的声控灯玩了一会儿
李轶非跟我提议
一块离开上海

像一个气不足的内胎,希望被狠狠顶一下
这是我在《合影留念》里写的另一句话

这个世界上的人还是五百年前的那批
只是改头换面了而已
李轶非跟我说
那就是说:比例大致一样,数量扩大了?
不是

有些以前不是人啊
我像是在跟五百年前的
某个人说道

现在,我又翻出了"地下丝绒"的那张
《The Velvet Underground & Nico》
脑子短路地看着安迪·沃霍尔画的香蕉
用遥控器选了第六首《All Tomorrow's Parties》
这时候,李轶非在外地

题目
要不叫谜面吧

长途车

和所有人一起上了车
我的家人也在里面
我因为反应慢
很勉强才挤上了车

车开了
去哪儿我不知道
但我无法不上车
因为
我不知道自己一个人留在车站
干吗

车上的人有的坐着
多数都站着
我不能说我的位置是最差的
但已经很差了

我不但踮着脚

而且连个扶手也抓不到

不过这难受劲很快就过去了
当车经过一些拐弯和颠簸
我觉得松快多了
有的人笑了起来

这时候我开始留意车上的人
我的家人
他们的处境并不比我好
所以也顾不上我

那些素不相识的人
我谈不上有什么感觉
我也没看到有什么女孩在跟前

我寻找着
令我心动的事
寻找安全和愉悦,像一种本能
但我看不到所有的人

这时

一辆既宽敞又豪华的大客

赶过了我们

它在前方的车站停了下来

我们的车也进了站

车上一下下去很多人

从他们车上也有人上来我们这

但少得多

我仍在这辆车上

我的要求不高

只要能比刚才舒服就可以了

这会儿我几乎能看见车厢里

所有的人

我挨着家人坐了下来

开始留意车上的女孩

有两个,长得挺漂亮

车厢里开始有人聊起了天

天南海北

五湖四海地聊着

等时间过去了

等精力最旺盛、最能说的那个

也觉得累了

车厢恢复了平静

窗外在下雨

我开始感觉到

旅途的漫长

那是第二天,在又一个车站

很多人下了车

等我醒来

我的家人已不在了

我不明白

这是一个什么样的安排

我带着无法声张的恐慌,不敢做任何决定

在我一个人的时候

我没有任何决定可做

但我渐渐喜欢上了这辆车

我不知道，自己要跟着它去哪

车上剩下的人
自然而然地凑到了一块
我们成了同伴
一个姑娘
嘴角带着笑，垂着头

不断有新面孔出现
也有慢慢熟悉的人离去
总的来说：车上的人已不多
我有点紧张
也有点悲伤
尤其在别人睡着的时候
我怎么也睡不着
我在想如果这车上最后
只剩下我一个人
该怎么办

终于，那一天比我想象的来得还早
车上只剩下了我

和司机,两个

他是个沉默的人
从一开始
就只是不断地开着车
加油吃饭解手
喝水
他只做这些,他必须做的

当车驶进了又一站,他踩了脚刹
在座上靠了会儿
然后站起身朝我走来
他并没看着我
但在跟我说话

他说:
这辆车是你的
你来吧
也不管我有没有听明白
自己下了车
沿着路

徒步往前走去

并把脱下的外套搭在肩上

过了很久,我才坐到驾驶座上

我并不会开车

但车被我误打误撞地启动了

我全神贯注地往前开着

像个醉鬼在摸索平衡

我笑了出来,眼泪

流到了脸上

这是一种前所未有的感觉

一种无边无际的

感觉

刘关张共同解决的第一个问题

说的是

那天白天

刘

关

张

三个

一见如故

称兄道弟

壮怀激烈

在夜里

在其中一个的家里

并排

盖一条被子

夜里怪冷的

其中两个

深有体会

与其故意挨得紧一点

不如一人用一条被子

这就是

刘

关

张

三个

共同解决的

第一个问题

火车的关系

从看到它们

到一直盯着它们

不过几秒钟

这是因为

火车的关系

一共有三只

鸭子

离铁轨很近

一动不动地

站着

也像是因为

火车的关系

静静的南望山

因为他没有去
就不会有
站在山林里
叫出来或者
不叫出来

静静的南望山
今天晚上
是他不在的一种

树荫

两排树的中间

是一条路

它们在两边

向上

向四周

不断地生长

通过枝叶

越长越近

直到碰到对方

还在长

越来越密的

树荫

让路上的人

感到舒服

臭水河

这条河经过天河区
水不深
很脏
但不妨碍它
反射出一些亮光
以及
自北向南的流动
因为居住在它周围的
人的关系
它变得越来越有人的味道
于是大家更愿意相信
真正的河
不在家门口

广州赛马场

对面
是上回我上车的地方
我们就下了

记得
那回有广州赛马场
而现在突然不见了

我不敢保证
前面这条灯火辉煌的路
还是不是石牌东

第二天早上
我特意去看了看
广州赛马场
还在那儿

木棉花开

木棉花开了
像我不知道它名字的时候
一样
开了

和一个混蛋去埃及

和一个混蛋去埃及
不是因为埃及的金字塔
以及尼罗河
更不是为了培养
和一个混蛋的感情
只是因为
那好过
和心爱的人厮守一辈子

菜青虫

它怎么这么肥
而且这么绿
成天就知道菜叶子菜叶子
看着它那股子蠢劲儿
我想
如果是它,我就不活了
不过我又一想
我要真是它
不也就这样

落地窗帘

她把窗帘挂在客厅的中间
这样
客厅分成了两部分
我们仍然在原来的地方吃饭
在原来的地方睡觉

在吃饭的地方
看不见睡觉的地方
在睡觉的地方
看不见吃饭的地方
看见的是
窗帘，正面或反面

常常　我在窗帘这一边
想想窗帘那一边
偶尔，还会掀开窗帘
看看是不是
和我想的一样

扫楼道

她很难过
又不想流露出来
只是
拿上簸箕和笤帚
打开门

去干吗
她说:
我去扫楼道

就这样
楼道被她扫了一遍
而很多次
是一个老太太
在扫

橡皮酒吧

养了没几天
老鼠就死了
我把它埋在橡皮吧门口的
一棵树下

尹丽川说,她怕老鼠
但我不怕
我怕的
是死

杨黎站在酒吧门口
一直都不说话
后来　我听见他叫我:
竖
你埋得太浅了
让狗闻到的话
会把它刨出来
叼走的

我回过头　看着他

说：杨黎

我希望你不要死

他说：

我也希望你

不要死

打麻将的人来了

打麻将的人来了
他们已经坐下

我刚走出一片森林
在森林里
我花了很长一段时间
在找一个人

我路过她时
她在喊一个人的名字
应该是她
同伴的名字

她看到我
就改变了行进方向
往另一头走去
一边走
一边还在叫那个名字

天就快要黑了

等我想到——该把她

也领出森林时

我已经听不到她的喊声

越想越觉得

自己办了件错事

我的目的在这时

已经从走出森林变成

一定要找到她了

孔姐向其中一个

她认识的人点了一下头

我再也没看到那个女人

她就像消失了一样

也许她已经找到了她同伴

也许他们已经出了这片森林

天越来越黑

我将被困在这片森林里了

她边走边想

为什么我刚才不问问他

来的时候有没有看到什么人呢

说不定他看到过呢

我是不是应该回去找他

他可能还知道

该怎么走出去

我一边跑

一边喊着

喂——你在吗

你在吗

后来我想起她刚才一直

喊的那个名字

就索性也喊起来

乌青——

乌青——

是我

我不知道你怎么称呼

有人叫你上帝

有时候你看起来

又是某人的孤独

你知道,那是一回事

为了接近你

我接触到的都那么真实

此刻

我觉得空气新鲜得

有点恐怖

我知道这是我的问题

在这空无人烟的地方

人生跟不存在一样

无聊没有背叛我们

一切我想做而没做的

我知道都是你

我会带着我这件礼物同你会合

一切都是你必须收下的
是吧
你不说话,但你让我知道
经验都是用来修改的
像这首诗

杨絮飘飘

她站在马路对面
我在马路这边

等车
就好像我们的距离
实际上
隔着这么宽
一条马路
她往那个方向
我,没有方向

她的衣服裤子
穿了有一段时间了
只是不怎么显脏

戴着墨镜
没有朝我这看
一切好像明摆在那了

她的车来了

随后

我等的车也来了

车启动时

我看见她正透过车窗

往我刚才站的地方

张望

我在这

我在心里说

嘿 Man，你未必知道这世上所有的深情

爱迪生发明了电灯

他是个美国人

我是个

没什么时间观念的人

在美国的某个地方

整整一晚上

灯火通明，那是电灯发明

不久后的一个夜晚

一个妇人

可能有四十多岁

在那片灯光下，静静地坐了一夜

她说：

我感觉自己这一生

就像是为这个来的

地铁从公主坟出发

毛毛对我说
你看从公主坟开始
那几站的名字
我顺着公主坟一站站
看过去
像死路一条哈
她说

记得有一天晚上
我俩在公主坟分手
她去看一个朋友
我搭地铁回家
灯火辉煌
两个人依依不舍

转眼
我们分手已经两年了
今天我又在公主坟站搭地铁

闭着眼睛,在车厢里
幻想它会带我到一个
遥远而陌生的地方

公主坟

万寿路

五棵松

玉泉路

八宝山

八角游乐园

古城路

苹果园

苹果园,多好的名字

在长生殿

在长生殿
因为一个赌
我输了一条烟
我们这几个古人
像更早以前的古人一样
喝酒　吹牛
听音乐
还抽着我买的
牡丹牌香烟

我的灵魂

当我陷入空虚

我意识到我的灵魂

它像一盏微弱的灯

(如果

四下里是黑的)

我看见灵魂的走动

它只照得到

新的东西

胜利达坂

我不知道
他们为什么会留在这
这让我想到世界尽头
可想不到它有多大
再往前走似乎也没多大意义
这已是野外
现在这些已成他们的习惯
他们无需瞪大眼睛
走在路上
比你想象的
要肆意的世外桃源
就在他们家门口
对他们来说
新鲜的
是我们这些面孔
无论怎么回事都不重要
这儿不缺来历

重要的

是得有些酒

我们都需要喝点

巩乃斯林场

沿原路返回
会很无聊
他灵机一动
说咱们从坡上滑下去吧

坡还挺高的

他给我做了示范
——我都没看清楚
大概一分钟后
他已经在山坡下面了
哈哈哈哈哈

我的自尊心
像被他动了手脚

跟他比
我的动作太过生疏

用生命在滑坡

何苦呢

不过我终于知道了

啥叫:

救命稻草

就像在做梦

夕阳西下

傍晚的色调

染在这道坡上

知道轻松是啥?

我和他站着

看了一会儿这个坡

坐井观天

什么不是痛苦

任何比它好的一面都像是与它有关的

就好像坐井观天

掉进井里的,是我

我是一只蛙

戈壁

沿着公路
我走在戈壁上

可听之声稀矣
可望之物
如月
如灯
皆不可及

生命
亦古亦今

我试过几次搭车
但没有司机肯停车

因为那会儿是半夜
那会儿我一个人
在戈壁上

我甚至没什么可想

只是一路唱着歌

解闷

能想到什么

唱什么

在天快亮的时候

我来到一个小镇的加油站

一边等车

一边在心中谢天谢地

我已不再反常

诡异

只是看上去

一身疲倦

牙疼

有一件事
你称它为牙疼
它发生在你身上
我是感觉不到的
我甚至感觉不到
自己有牙齿

博斯腾湖

海远着
湖像海一样
飞出海鸥

夜里
在来过的沙滩上
一个月亮
也奇奇怪怪

轻轻的五十克拉

放在那

轻轻的

五十克拉

昨天

在月光下

我捡到它

晨光里

我亮出它来

满满的一把

甄小姐需要一个笑话

白盒装牡丹
烟丝有点松
弹烟灰时
常常会把烟头弹下来
几乎每支如此

结婚

他站在窗口
看出去
有什么看什么
并没有突如其来的东西

而现在
很多人里
没有我
又有什么关系

石头城

那些场景
无论是似曾相识的
还是陌生的
都像发生在
我十多岁的时候

我梦见自己
飘荡在一座空荡荡的石头城里
随风飞舞
给了我灵魂出窍的感觉

天正在一点点黑下来
我不由自主
因为恐惧
一心想着离开

之后
我跟上了一阵风

眼前逐渐黯淡

消失

如在转化格式

相当于再见的失败

有什么痛苦

会仅仅属于你呢

它是一种曾被忘掉

但发作起来

却一模一样的东西

每个人

都只会

为自己才这么哭

我把

自己两个字

单独圈了出来

理解

是多么多余

狗，是多么友善

聊斋

因为是编的故事

空中飞着鱼

说来说去

结果那些感情

是真的

黄昏

歌声里有我们么

我觉得　没有

黄昏里有

歌里唱

我感觉自己的身体

像风般轻盈

我腾出时间

身体没有任何异样

它让我完完全全融进一首歌

反反复复的

虽然歌声里没有我们

我感到一种自由

否则我该叫它什么呢?

它在我的身体之外

完完全全

在一个黄昏里

我和我的邻居们

我发现自己家有一扇隐蔽的门
可以直通邻居家
从这个邻居家
还能去另一个邻居家
一连几家,都没有人

可到最后,我还是
在某一家被发现了
只是他们并没有表示出惊讶
相反,他们对我很友好

这些人是我的邻居
他们早就知道了这个秘密

红金鱼

在城乡贸易中心
地下一层
家具部一个床头柜上
摆着一个
圆形的鱼缸
缸里养着两条鱼
红色的金鱼一条大
一条小

从地铁
公主坟站 A 出口
出来沿着甬道
一直走
我就会看见它们
这是我第三次
看见它们

并感到了那种
很小的安慰

大暴走

洼冢洋介,出生于日本的神奈川
1995 年经人介绍
进入艺能界
2001 年,此人在影片《GO! 大暴走》中
扮演了日韩混血儿"疯牛"
其人物性格,被媒体称为
具有末世的通透
爆发力及深度

(具体哪年,找不到服务器)
洼冢洋介与舞女 Non Chan 奉子成婚
经 DNA 检测,骨肉并非亲生
而且老婆,背着自己有多位男友
但他们没有因此离异

2004 年 6 月 6 日中午
洼冢洋介从自家的九层楼
坠落,摔成重伤

被疑似自杀。时隔两年
仍有记者问及当年坠楼的原因
洼冢洋介严肃地答道：
因为着急去对面楼下买冰激凌
怕卖光了
所以忘了走楼梯

牡蛎

"这是一个适合
待上一段时间的地方"
而实际上
我们只有一天时间

这座城的一半
建在一座高台上
另一半
建在高台下
像一个拒绝商量的理想

我不得不像个类人猿一样
从高台上
爬下去
沿着软塌塌的扶梯
来对抗
我的恐高症

我和我的表弟

走散了

我和他

都没有故意做什么

只是他比我来得兴奋

在从高台上

往下爬

这件事上

我几乎是滑下来的

像一滴汗

他们是来这感受大海的

我是来干吗的

我不知道

在一个陌生的地方

有很多看上去

新鲜的东西

它们比我突出

但没有我持久

我一个人

在石子路上溜达

同时,也在往海边走

我能看见的几个人

都在往那走

我在海滨路

一间场馆门口

碰到了我弟

以及他的几个朋友

其中,一对双胞胎侏儒

穿得像两个忍者

我还是没有下海

只是躺在沙滩上

倾听着漂满垃圾的潮声

我能想到的东西

几乎是一无是处的

我知道,我的身体里

有一个将来(很久了)

我是如此难以理解

此刻

它所展开的微笑

月光

月光
照在我的屋里
今夜，它格外明亮
我刚从滥情的梦中醒来
这阴魂不散的情
之于我，如同月光
之于光秃秃的月球

皎洁的月光
你知不知道自己在哪
知不知道一个梦在徘徊千百年后
请求熄灭的愿望

也许我们
在前生今世遇见有无数次
因为各自的落空
因为那被赞美的光芒

因为那
无所谓而只是美得
格外明亮

蒲公英

就像新写下来的诗

就像没有梦的

一个觉

就像

不曾被这个世界

塑造过

尚能看清楚

比空气

还轻的爱

被风吹动着

就像

面对另一个人

的沉默时

你的沉默

就像

同情

笑料

隔阂

敌意
已被死亡
滤掉
剩下
核心
在那里
深不可测

距离
打消了
利害关系
示我们
以
亲切

我们
正在走向
锁在
身体里的
平静

就像

一株植物

生长在路人

停下来

歇脚的地方

随意

自然

无谓

却与你

息息

相关

摆脱了

语言

也就

摆脱了

命运

我们

走得太远

只发现

太远

有多长

只在

回来时

看到

自己的劳累

与无能为力

我们回到

绝不会

鄙视

责怪

嫌弃

我们的

平静

中

那是

比空气

还轻的

爱

穿越了生死

形体

时间

空间

那么此刻

搭上它

启程

飞舞

祝你幸福

已经过了夜里十一点
但乌鲁木齐北路上
还有些行人
有一个女的从我们身边走过
走得很慢
垂着头
哲别对她说：喂

你有什么不高兴吗？
她没搭理他
自顾自往前走
都会过去的！哲别说

那女人还是没反应
祝你幸福！我嚷道
就像很可笑一样
但我说的是真的

然后,她回过头看了看我们
已经离我们很远了
我们把自己弄得很高兴
对几乎每个过路的
都开始问候起来

栀子花

我爸因为喉癌被送进了医院
而这时候
我妈还在跟我说
巴不得伊
早点死忒

她今天来病房
是为了给我送饭
再过两天
我爸就要动手术了

我们仨去楼下
花园散了会儿步
在往回走的路上
我爸摘了一朵栀子花
递给了我妈

我妈接过去

闻了闻

塞到了胸罩里

自言自语似的说

勿晓得有虫哦?

寡酒

我按了门铃
但没人来开门,只有狗在叫

我发短信给他
说:老爸,开下门
五分钟后
他回复过来说
他在楼下

我在车库门口
碰到了他
已经喝高了

和他在一起的
是同小区的几个人
岁数都在五十以上

你不是跟我说

要少喝的吗？我问他

他用口型
加手势
回答我：你没说今天要来啊

但我昨天
发短信跟他说过
他摊了下手，然后
敲了敲手机
突然想起
还没跟别人介绍我

那些人中的一个
看得出没喝酒
跟我说：你爸今天很高兴

他同时也看出
我有点火

我在那等着他

把酒喝完,并且自己
也喝了一瓶

回到楼上
我选择了在客厅坐着
冰箱里没有酒

电视机在他出门的时候就没关
电影频道在播
成龙的《新警察故事》
我没去我妈房间打招呼
也许她已经睡了

我爸跌跌撞撞地在房间里
走来走去
给我倒水、盛汤
在我回答他
什么都不用之后

他还是执意要
为我做这些

他还是想喝多

不管我一星期来几次

不管我希望他少喝的理由

有多充分

而我想到的是他

在喝多了之后

朝我妈下身踢的那一脚

以及

锅里的水溢出来

浇灭炉子后

呼呼往外冒的煤气

通过笔记本

他问我：

今天回去还是不回去？

我说：回去

我没跟他说

回去干吗

还用说吗，除了喝酒

四季花园

我刚从步行街遛了一圈回来

黄桦路上添了各式各样的排档
我不知道那些人
是不是大都是韩国人
这里的招牌
大都写着韩文
很多韩国人在这边买了房

小区里比外面安静很多
今天是周六
在超市我买了一瓶啤酒
兜里也有烟

我坐在那想：也许但凡我能碰上的
都不算什么坏事

觉得这样那样

都是无所谓的

脑子需要休息
哪怕在醒着的时候

"对真实的
激烈的
或与情感息息相关的
事物的追寻"
我买来
当医生用的那本书上这么说
很拗口
但我马上反应过来
这话是说我的

让目标和追寻
全都稍息吧

我坐在马路牙子上
喝着淡啤酒
前面是一个停车位

没多久

车位的主人驾着车回来了

我像只动物一样

躲开了

之后又找了个地方

空气是如此开放

虫儿们在叫

有一些,聚集在灯光下犯傻

我的背后

是一棵树

很茂盛

像是一种感激

我躺到了草坪上

感觉着真正的善意

像死一样

但生活

会继续下去

我的手机响了

屏幕上显示着：弟

你在哪？
在楼下啊
在楼下干吗，打电话吗？
没有，这里空气很好
这里……
我不知道该说什么

我以为你出走了呢
哈为什么
我哪知道为什么

我就在窗口下啊
你站起来大概就能看到
于是，他站了起来

反对无效

没什么天才
都是些老灵魂
又回来了
他们
从各个角落里冒出
像飞起来的
塑料袋
总有目光
会追随这些塑料袋
在世故的
阴影里
一旦触及真实
便会陶醉其中

缘分

他姓何

大我一轮

也属鼠

我和他

是在年初四的火车上

碰上的

我们在同一间软卧

从上海到北京

他手里捏着一串念珠

不说话的时候

嘴里

无声地念叨着

看上去

不是那种话很多

或者

当你不存在的人

他跟我主动打了招呼

他的杯子
开始放在旅行箱里
包间门上方
有个放包的地方

我是第一次坐软卧
那次
我随身带的书
是吴又
在共和联动时
策划的
书名叫：我杀故我在

他跟我搭话
也许是因为
我和他的话少

他问我

看的是什么书
我合上书页
把书递了过去

等看清楚书名
他笑了起来
并表示不需要拿过去翻翻

只是问我
好看吗

比我想象的好
我说

他相信缘分
因为年初四
十二岁是一轮
我们在同一间屋子
要待一个晚上

没有了

我记得他后来还跟我说

你们这一代

是很可怕的

是吗?

因为你们

什么都不在乎

他就是这么看待我的无聊的

因为缘分

他给了我张名片

说到了北京后

可以跟他联系

这张名片现在

已经不知道跑哪去了

在我们互道再见之后

彼此再没说话

那时离进站

还有一段时间

田园
——给李轶非

若干年前

从一本

水手带回的

杂志上

我瞥见过

冲绳的夜空

我们头上的夜空

原本应该

也是那样的

这是我第二次

在诗里

提起这支乐队

它由三个

来自冲绳的

下里巴人

组成

我看不懂日文

但通过歌名里的汉字

我可以猜到它们

是写给天空

海洋

和家园的

每当他们的音乐

响起

我的愤怒

讥讽

情绪

都会烟消云散

只剩下

柔软的那部分

像

无处遁形的

我

哈

我也不知道

那些花鸟鱼虫

听见了没有

那些风云雷电

的感受如何

我是听见了

他们歌唱的爱

即生养一切的种子

它从未消失

因此

也没有生灵

会从这世上

真正地消亡

无论是在上海

还是在

哪个朝代

我们都会很快认出

这众生的

田园

哪怕呈现在我们面前的

是荒芜

繁荣

恐惧

写这么多诗

为谁呢

为自己吗

哈哈

那它怎么还没写完呢

散伙

他们有个共同点

就是都不怎么会讲笑话

但都喜欢说

员工们

在上班

或者加班

都不是那么想嗨

公司

换过几拨人

这是听

在这待的时间最长的那个说的

他最近

眼睛做手术

人没来

客户

无论大小

都很重要

都比我们重要

这是公开的

作为创办人

他们俩

一个管设计

一个管文案

都有房

有车

有老婆

工作下去

对他们来说

就更有成就感

不过他俩经常会闹矛盾

因为其中一个

比另一个

更认真

更有事业心

这关系不像伙伴

更像夫妻

于是

二把手

把我叫到了会议室

没什么事

他说（取出烟

散了我一根）：

没事

就是想放松一下

找兄弟

喝两口

UB

营造出来的吸引力
在吸引着我的注意

对闲
也能产生排斥

滑一下页面
看两眼
再滑一下
感觉到了
自己的强迫症

你是你自己的监控
这是不是
可持续发展

这些帖子里
同样有我营造的吸引力

一样矫情

一样是在求关注

——没准

那会是谁想要的呢

屏幕外

金珍像个村姑一样

赖在床上

玩着 UB——UB——的

手机游戏

偶尔会跟着叫一声

UB——

嘶哑

浑浊

温暖

像在叫一条狗

一日见闻

如果一个字也不打
直接点打印
打印机
会吐出一张白纸

这让我喜欢打印机

他说他边喝酒边吃了 16 片（安定）
醒过来，头晕脚飘
但没有死

问题不是他真想死
还是在撒娇
而是他在我发过去"中秋快乐"以后
说了这些

突然被打劫一空

车上的广播说

绍兴站,就要到了

窗外突然很亮

那倒映着灯光的地方

应该是条河

我有种想在这下车的冲动

但第二天一早的事又把我吸在原地

有种说法是:没有发生的

其实都发生了

只是你不知道,你没这个能力

鼠标自己跳开了3行

对蚊子来说

我像是天赐的

供养它的人

哲学太像犹豫了

桌上的便签纸

右下角,是一串400号码

顺丰快递的电话

垃圾桶

在你手能够到的地方

我在想

见多识广这几个字

现实浑浊

翻滚

像缺乏安全感闹睡的小孩

每一天

从子夜开始

从不知身在何处开始

醒来

是个假开端

它是如何变成告别的话的：

我愿随你去

我愿随你去

夜宵车

从印刷车间出来
大概 11 点半
由旧厂区改建的园区
有些厂房
还没租出去

找着了车站
317 路夜宵车来了
头上亮的是 33
挡风玻璃后面一块纸板上
写着：代 317

这一片很多地方
我在二十年前来过
从 8 岁
到 22 岁
我一直住在这个区

敞篷车

快捷酒店

24小时便利店什么的

那时候没有

街边二楼

某户人家

天花板上的吊扇

倒是像横跨着时空

我好像在哪哪都找过厕所

那个年纪

我一直都在找

没被自己发现的音像店

非数字化

现在看稍纵即逝

第一回离家出走

从凤城新村

到外滩

我就穿了双拖鞋

等到了外滩

发觉自己再也不知道该去哪了

好像那里是我的世界尽头

下了夜宵线

我给李轶非打了个电话

但他关机

我又开始憧憬起

日本的

居酒屋了

我憧憬的是

愿意

给男人满酒

听他们说说话的

女人

肉

本来你名字前有"红烧"两个字
现在
大家都省略了

听乌青说
有一段
你一直在玩一个
在线游戏
就是每天躲在宇宙一个洪荒的角落
等其他
路过的飞船

当它们出现时
你会毫不留情地
将它们击落、看它们爆炸
碎成虚无
然后退回到等待中

每天

你大概会碰上一两个

这样的

倒霉蛋

就好像你需要

他们

来挽救这一天

坐电梯上四楼,坐电梯下一楼

电梯坏了
午休时
一条狗跑进公司
"腊肠"
这名不太容易忘记

我在电梯里见过它
当时
它被它主人(一个中年男)
抱在怀里

整个电梯里好像只有它的眼睛
是活的

我只知道他们住楼上
在几楼不知道

我写了一张告示

贴在电梯间

后来四楼的邻居很有心地过来敲门

建议我们

把条子贴到一楼去

没想到

这条狗在我们这

门铃一响

也会叫

你难道不知道自己是一条丧家之犬吗

它听不懂

我是说给同事听的

按门铃的是久久丫

送外卖鸭脖子

辣的

它也吃

杨开平说：霸气

我连狗都不如啊

鲁达走进公司

咦，腊肠！

我跟你们说

我朋友家也养了一条腊肠

因为身体太长

上楼

把脊椎拧断了

哈哈哈

是真的

501 的保姆来敲门

哈里，原来它叫哈里

它的女主人

站在消防楼梯间

都没进屋

她们领走了狗，连谢谢都没说

他被颠覆了

他站在自己家的屋顶

这是你在家

平时

不会去的地方

好像那

属于全世界

没有人

在平日里说这些

敏感词之密

情绪之高亢

使你不得不相信

他所说的

句句是重点

他被颠覆了

而你似乎开眼了

连这个下午的
阴转多云都变得不可忽略

货车已经
进了收货点
我和工友忘记了卸车
在那站了
二十分钟

溪口

总想知道一些字
在宁波话里是怎么说的

她告诉了我一个窍门
只要把这个字的上海话发音
换成四声
差不多就是宁波话了

当剡溪宽到像一条江的时候
就叫剡江
在下游
和另两条江汇合
叫三江

客观能让大脑塑化

站在溪口那座
被当作景点的小山上

想起多年前

我和我弟

跟我爸来过这

现在很多地方都翻新了

我拿起相机

想拍些看上去还没变的地方

假不假啊

她说:

别把我拍进去

回家吃饭

回到家

我看到她在案板上切菜

口蘑已经切好

正在切香菇

我买了两种蘑菇,她说

年糕呢

年糕卖完了

那这个是……

河粉

哦

你看这个——

塑料袋里有一棵白菜

我看它是最后一棵

快坏了,很可怜

就把它买回来了

你说肉要洗吗

冲一下吧

她在水槽洗肉的时候
我看到洗菜盆里
她还买了青菜

我洗个手
隔着她我把手伸到水龙头下
她腾出地方给我:
好好洗

我切了肉
把切出的菜帮儿
扔进蓝色的菜篓
菜叶留在案板上
她说这两个要分开炒

说是你来做
结果还是我做
在微博上搞得那么贤惠

走开!
她拿起切好的菜

对挡在路中间的我说

不应该放那么多水
她一边吃一边说

河粉就不应该全放
那样肯定能吃完

我实在没什么胃口

看个什么片儿? 我问她
都可以啊
啊,又回到从前的生活了
她感慨道

我从放片儿的橱里
拿出几张最近买的碟
看这个吗,讲高迪的纪录片
要么这个
讲一个独立唱片公司的
Jesus and Mary Chain

就是他们公司的

要不还是高迪吧
好,我取出片子
放进碟机,想着为什么是高迪

到时候又会说
啊——这儿我去过,啊——
那儿我也去过

去过!
巴塞罗那
牛逼

有点想喝啤酒,她说

借着这个由头,我去联华买了啤酒
一罐最便宜的进口啤酒
一罐三得利清爽型的
她想喝清淡的

片子开始了

大概半分钟，没有声音

这儿我去过的

开静音了么，我说

拿遥控器拨了一通

还是什么声音都没有

是默片么？

你快进一下

还是没声音

片子很老，画面也不清楚

算了，不看这个了

好吧。 我开了啤酒

喝了一口

然后递给她

喝喝看，西班牙的

哈哈，居然还要配西班牙啤酒

哪啊，没想到

正好是西班牙的

那我们看西蒙·佩吉的新片吧,我说

好啊

电视机响了

是环球公司的片头

敬老院

这次我看见她,她仍然在哭
很委屈
在三楼最头上的一张椅子上
这是我第二回见到她

她一边哭一边向我打手势
示意我过去
坐到她旁边
牙已经没有了
这让她的脸看上去
就剩下一层皮
我抚着她的肩膀跟她说:不要怕
没事的
她看了看我,不哭了大概几秒钟
然后又哭了起来
一个中年妇女走了过来
对我嘿嘿了一声
我想那是她女儿

我弟在摆弄他新买的莱卡相机
她女儿说：哎，不要拍
哭有啥好拍的
语气是还挺客气的那种
我说：没关系
哭也可以拍啊
那多难看
那她为什么要哭啊
我问
急嘛，想说话说不出来
她说不了话了吗
是的
那她，是不是……
对，老年痴呆
脑梗，她补充说

我弟的小儿子在跑来跑去
一岁半有吗
她把话题转移到了孩子身上
我弟放下照相机

说：对

一岁半多一点

来，到阿姨这来

小侄子站在那，没动

还听不懂，她说

我说：不是，他听得懂的

还不会说

来，到阿姨这来，阿姨抱抱

小孩没过去

跑了

别乱跑！他爸喊

不知道为什么

刚才我坐在那个老人身边

我感觉她想说的

就是：抱抱我

随机

梦见俄罗斯套娃似的一群鸟,和离开水就变成玩具的鱼……还梦见了我妈,只有她和现实中几乎一样

瀑布

瀑布
如果不拿来当比喻
要如何
看出它的啰嗦

从超市采购完
在往回走

路上想的是矛盾这东西
也太日常了
拿一个人来说
既是自在的
又是
身不由己的

你这不是自相矛盾吗
"矛盾"这件事
也只能接受

吃药了（上海话）
大概意思是：上当

青春期的时候
我的偶像
大都是写歌的
写诗的
后来慢慢也不在乎了
迷一个人
很难像迷一部作品那样
无怨无悔
当你开始鄙视他
你实际上是在用以前的仰视来鄙视的
鄙视的是
现在的落空

导致这个现象的人
又没强迫你
是你自己制造的强迫症

期待型强迫症

凡事就怕认真
这句话
也有自相矛盾的两个意思

两个意思
相反

瀑布怕不怕
自己
变成诗

刚才,在幸福路262号临
吃了个中饭

在应该有店名的地方
那儿只有:
幸福路262号临
这么块牌子

那是家馄饨店

总共 3 张桌子

他们也卖面

其实

它的店名

以及它供应的小吃种类

价格

都印在一块雪弗板上

贴在正对店门的墙上

老板娘可能是福建人

这是我从沙县这两字联想到的

沙县离上海有多远

有 500 公里么

干吗非要起千里香这么个名字

我脸上

是不是写着：杠精

两个字

老板娘不是很面善

脸上没有和气

反而透着一股杀气

我想想我自己

一旦被强迫去做什么

杀气也会挂相

店太小

我一边咳嗽

一边抽着烟

站在门外等我的小馄饨

我还要了一个卤蛋

一块素鸡

有两只雪纳瑞

一只黑一点、一只灰一点

分享着

同一个主人

馄饨好了

要加啥,她问

一个卤蛋

一块素鸡

尼亚加拉瀑布

要不要加尼亚加拉?

馄饨一般,不算难吃

卤蛋可能放得时间长了

蛋白非常硬

素鸡很咸,相当咸

即使在馄饨汤里泡到

馄饨都吃完了

仍旧非常咸

她不会是迫于生计开的这家店吧

有多少人会是

喜欢干这个

在我吞咽最后一点素鸡的时候

我发现她笑了

她在接电话

我等她放下电话，付钱

8 块

馄饨 3 块素鸡加蛋

3 块

应该是 6 块啊

你那是 25 个

什么意思?

3 块钱的是 18 个

哦哦

在云阳路上我买了点死虾

和一袋小青菜

想晚上要是饿了

可以加在方便面里

进楼道的时候发现楼梯下的那窝猫

不见老猫

只剩下两只小猫在纸盒里

应该还有两只

阿咪涅~

每次我都会这么叫陌生的猫

两只小猫对我的这个腔调

并不领情

甚至有点警惕

猫妈这时候过来了

横在我面前

露出了它的肚子

莫迪利亚尼

这是一幅画

画了什么

其实是障眼法

看上去白白的(浪费时间精力什么的)

在怀念看来

就不是白白的

这个人

就在画里

奋斗

大概是技巧没掌握好
它在空中忘乎所以了几下
就
掉了下来
落在电视柜上

八脚朝天
努力想使自己翻过来
肚子
跟脑袋以及手脚比起来
显得很大

我总觉得
一个圆滚滚的肚子
是动物身上
最悲哀的地方

我找了张餐巾纸

把它盖住

然后捏着它

像投飞镖一样

将它朝院子的护栏外掷去

餐巾纸

像在告诉我:

你看

我比你想的

要轻

一分钟后

它和它发出的电流声

又回到房间里了

我才发现

灯一直开着

这次

它就在我

和我头顶那盏灯之间

发疯

一副铁了心

要殉道的样子

我无法解释为什么

它所发出的声音

比它的样子

还要更恶心一点

差不多的过程

以及失误

让它重新又掉到地上

这些都是在昨天发生的

今天

当我刚坐在这

还没到五分钟

它又来了

我差不多能肯定就是它

这次它在玻璃门外面

像已经认识了我

在用生命敲着玻璃

窗户其实开着

从那里它找到了突破口

只是要进房间

还隔着一层窗帘

它仍需奋斗

它会一直奋斗的

毫无疑问

辞职

打算明天去公司辞职
原来准备今天去的
但拖延症就是
我把辞职
也当成了工作
在拖

现在是第二天下午
我准备一会儿出门

给鲁打了电话
他约我四点在公司碰头
现在刚过一点半
我把水槽里的碗洗了
并坐了一壶水
准备喝会儿茶

乌青问我

你是侯总,怎么也能辞职啊

所以是虚名啊兄弟

我老板,是我弟弟幼儿园
和初中的同学
原名叫鲁裕俊
可能他自己觉得这个名字不怎么响亮
他一直管自己叫
鲁达
我外婆叫他:鲁智深

干吗不索性叫鲁迅
或者
鲁班

鲁达说:
这两人看着也不像是做生意的

之前
我大半年都没工作

那时候鲁已经跟人合开了一家广告公司

经营了快三年

名字是他起的

叫：摩言

因为一直没工作

我弟弟就帮我出主意说

要不联系一下鲁

问问他：

他那是不是缺人

鲁所在的公司

在徐家汇花园的一栋居民楼里

租的人家三室一厅的房子

报到那天

我搞错了门栋

把 29 号

当成了 30 号

29号1102那家,门口还贴着"喜"字

刚进摩言那会儿
我都干了些什么

回想起来
文案的活倒是不多

我干的
主要是联系
跑腿
监工
之类的

这个行业管干这些的叫:执行

当时我们公司主要的一个客户
是阿迪达斯

我记得我曾经
把他们的 Slogan

Nothing is Impossible
改成了
Nothing is Nothing
Impossible is Impossible

当成签名,挂在 MSN 上

被阿迪产品部的一个人
看到了

哈哈
你写的,是万达奴的口号么

不是,我说
是我自己的墓志铭

哦……哈哈哈

你会发现
每次面对面和他们打交道
他们的态度

都很趾高气扬

或颐指气使

也许

他们在自己公司受的气

在我们这

找到了平衡

所谓和谐

大概就是这么回事

有一回

我在盯执行

给阿迪经销商底下一家店铺布置橱窗

蓝石打电话来

我说我正在监工

然后他听到我

对现场的一个工人说：

哎！

跟你说了多少遍了

不是贴这!

贴那啊!

说过多少遍了

干活不动脑子

还不是给自己找麻烦

蓝石在电话里突然也提高了嗓门:

别别别竖

别对工人这样

然后他说:

你看

在工作中,人就是这么变态

在什么位置

甭管谁

说话的口气全一模一样

我根本没想到

刚才那个人,是你

家务

她一天都坐在电脑前
拉着脸

为什么
我会连一点紧迫感都没有

是死猪不怕开水烫吗

刚才是 22:00
再去看
已经 23:13 了

你有没有发现
现在时间过得越来越快了

但
你是谁

早上
我被我要做的事
搞得很失常

一边做着家务
一边叹着气

只要她在
我就没法随心所欲

你如果不愿意做家务
那就别做
她说

同时,她还有个
让她伤脑筋的下属

你在做这些事情之前
最好先搞清楚
为什么要做这些

她对着电话说

把所有的东西
都扔进表格里
是要我自己一个个去找吗

这些话
就像是跟我说的

同一屋檐下
我多想我不是谁

坐在院子里的防腐木上
想着：
要不还是回摩言工作算了

鲁达给了我
两个星期时间考虑

在写这些的时候
我听见她在哭

也许她觉得

我没把卫生间打扫干净

也许是因为工作

以及各种琐事

所有这些

都不如她所愿

她是个孕妇

拖累她的事情好像一下子变多了

那些天在北京

我时常一个人站在旅馆男厕的窗口

抽烟

不远处是片工地

亮着"小太阳"

为什么会有这种被包围的感觉

为什么是这种

不得不

准备投降的感觉

是我不想负责任吗

我就不能牺牲一下吗

一下

就等于全部吗

现在

为什么会是现在这样

愤世嫉俗的出路

是全然接受吗

折磨人已经不需要脏字了吗

像个高中生一样

我在找这句留言吗

希望梦里面

不要有考试

佳话

松鹤园

在嘉松公路

靠近安亭的位置

这是我第一次来

和外婆

我妈

金珍开的车

墓碑上有我外公的名字

也有外婆的名字

她的名字

还没有上漆

听我妈说

外公原来的墓找不到了

特殊时期被刨了

现在这块墓地

是外婆在十二年前买的

花了八千块钱

墓里啥也没有

除了碑上

有外公的一张画像

外婆让我准备的

是：青团

水果、老酒

香烟

花

粉笔

让我妈准备的是锡箔

她自己准备了蜡烛和香

一碗米饭

一个酒杯

一双筷子

似乎这里面有什么讲究

生林啊，我来了

她看到墓碑的时候

突然

就带上了哭腔

外公四十五岁时

就去世了

因为一场事故

那会儿我妈刚成年

生前他是个船长

因为船员渎职

没把甲板修好

只是盖了层布

他没留意一脚踩空

从甲板掉到了舱底

摔死了

你外公很喜欢小孩的

外婆说

当然我也记得

她说过——

你外公要是在

是不会同意你妈嫁给山东人的

我爸是山东的

她自己的寿衣也已经准备好了

遗照也拍了

她觉得

这些是她自己的事

或者说

是她和外公

两个人的事

祭奠完

我们送她回敬老院

路上

她跟我和金珍

说了不止一次

谢谢

谢谢你们哦

彼此相隔

还认着

就是牛郎织女吧

不过

中国人

对自己都挺狠

海葬

他的名字在名单的末尾
在我举手之后
大巴车就发动了

为海葬准备的船
是以前用来摆渡车的
因为原先是泊车的
所以底舱挺大

安排骨灰撒海的地方就在这

我怀疑《告家属书》上写的
撒海水域
可能没到真正的海
只是靠近入海口
在长兴岛
和横沙岛之间

骨灰原来并不是粉末状的

而是骨骼状的

这让我很不悦

我们把他的骨灰

和鲜花花瓣

一起倒进通向水里的管子

船舱里放着哀乐

喇叭贼破,声音尖厉得刺耳

我妈哭了

我弟也哭了

江面上的风把我爸最后的一点骨灰吹进了我的鼻子

像是在教训我

老娘,我们走吧

我妈没动

老娘!

在客舱里

我在看《金刚经说什么》

完全不想难过

可能

这就是我的迷信

这会儿,到家了

绿地里在放

《大海啊故乡》

这歌之前

我从没听他们放过

爸

你安排的?

奉化午后

桌上还少两碗饭
他面前
和我面前
没有
保姆可能饿了
先坐下自己吃了起来

我看到他
傻愣愣地站在那

鑫鑫,饭盛好了
你自己到厨房拿
保姆说

他还是站在那

在把饭拿来之后
我们发现他哭了

他同父异母的哥哥第一反应
是拿出手机
要把他哭的样子
拍下来

这下他哭出了声

我们条件反射地
开始笑
逼得他撂下碗,跑了

他是不是想多了
我说

我老婆说:不是的
他可能就是觉得保姆是用人
用人就该帮他盛饭
端饭

哦

有可能这些

是他妈教他的

我老婆补充说

他妈

是我丈人的第二个老婆

因为对前妻生的两个孩子

没有视若己出

我丈人和她离了婚

我不知道

他是怎么看待这些的

午后,外面下起了雨

他坐在那,玩游戏

我也想不出除此

他在家,还能干什么

对人与人之间的交流

他毫无兴趣

一条关于猫的微博

让我想到我曾经养过的第一只猫

它是我弟从外头捡来的

他当时跟我说

这只猫跟了他一路

一直跟到了楼梯口

他觉得这个,有点神奇

我想他一定是犹豫过

因为我妈很烦小动物

这只猫

我们也没给它取名字

咪咪

我不觉得能算是猫的名字

通过这只猫

我知道

只要把猫抱到一个地方

跟它说清楚

拉屎撒尿在这

它以后就会真的在那大小便

猫毕竟能跟人一起生活

后来发生的一件事

让我现在想起来

都觉得疯狂

一天我爸一个朋友来我家

我爸做了一桌子菜

在饭吃到一半的时候

猫跳上了桌子

我们谁也没想到

我爸会抓起猫

把它直接从窗口扔了出去

当时我们家住五楼

我和我弟赶紧冲到楼下

在楼下的树丛里

找着了它

它看上去摔得还不算严重

但明显受了惊吓

连叫声都变了

之后两天

猫都不肯吃东西

大概有近一个月

我没跟我爸说过话

后来这只猫被我妈扔了

我妈说得很轻描淡写：

被我掼脱了

养伊作啥

人还养勿好

我和我弟

在附近找了一圈

没找着

那时我还没能力离开这个家

但这个念头

成了我只要有能力

就会去做的第一件事

事情差不多就是这样

每个人似乎都被别人忽视了

又好像

这就是他们会在一起的原因

在某个节骨眼上

他们中的任何一个都可能会表现出

自己

是不可冒犯的

不管是我老婆的这个弟弟

还是这孩子他妈

我丈人

我爸

我妈，我弟

我

约翰说：人需要的
只是爱

这世上不俗的
稀有的
大概只有爱

我相信他也只是说说

因为你完全看不出
这供不应求的
源源不断的
爱
会来自哪

你的爱
正等着被蒸发

戒烟

烟瘾来的时候
我试过的替代品
分别有:水果、糖
瓜子
干煎小鱼

据说,刚开始戒
要尽量少吃油炸的东西

谁承想有些盐炒豆
会那么硬

念菩萨名号
我都试过

网上推荐的淋浴
没试
散步倒是试了

就是去超市买口香糖

和薄荷糖

回来后

睡了一觉

睡觉实际上也应该算

说不定

写诗

也可以算

结果都没有金珍生孩子的时候

我在旁边看着

更有加持力

她所承受的痛

才让我下了决心

抽烟

说到底

就是件心不在焉的事

戒了八个月

我又复吸了

给你喜欢却不能在一起的人

其实可以多写几句。你们无法在一起生活,知道吗?
能有心智交流你觉得还不够吗?
你一定有什么非分之想吧。

这种糖的糖纸上有一层蜡,当然不是为了让它烧起来更快一点。
但这样,它烧起来确实会快一点。
看到我在烧纸,小马说:童心未泯啊。我想了一下,说:
我也不是什么事都干得出来。

窗外有什么

在窗口抽烟
对面一楼院子里
有一个人
在锯树

二楼的在窗前问他
干吗要锯它？
他停下锯子缓了口气
敲敲树
说：
这棵树死了

磨砂玻璃的透明度很差
但老远
还是能看见里面的人影
刚开始注意到这个窗
里面是个男的（那是个卫生间）
他很警觉

这让我好几次都不得不离开窗口

后面几次我看到的

是一个女的

今天，当玻璃上的雾气散掉后

我发现

还是那个女的

她刚洗完澡

正在穿衣服

她没有注意到我能看到她

一块有着很多洞眼的砖

在倾斜的屋顶上

当然

是不会动的

我曾设想过一个小女孩

沿着一道玻璃幕墙在走

玻璃上都是雾气

每次她都得擦掉一些雾气

才能看见玻璃后面的

每次看到的

相互之间似乎并无关联

不过那是她当时的想法

下午两点的阳光

照着对面的墙

亮得刺眼

连感叹都像是对它的反射

看到一只斑鸠

很丑

这个感觉跟了我那么久

什么东西不好看

就会让我联想到自己

那个锯树的

在给院子里的菜浇水

用一根黄色的水管

浇完水

他站在那看了会儿

然后

给自己点了根烟

苛政不亲，烦苦伤恩
这话来自《资治通鉴》
也像是
我对婚姻的微词

协议书上写着：
性格不合
她说
就写这个

想出个门
但又不想去找朋友
这会儿，外面在下雨
这让我想到我父亲

我知道喜恶不是一切
但有时候
喜恶就是一切
还必须加上：你错了

南翔

见到笋干青豆

买了一包

充满电

最好把充电器拔掉

修车师傅

这么告诉我

像在透露做人的秘诀

百度地图显示：

从康虹花园到工艺美校的最近路线

是这么走的

这些路段

就像在打补丁

车有多沉

市政项目希望你知道

到南翔

正好一半路

电池

也刚好用完

在给车充电的时候

在镇上吃了碗面

马上后悔

选了这一家

侯献磊喜欢开车

他觉得：速度一上来

就能让人忘记负重感

即使

是忘记不是摆脱

多么希望没有情绪

它几乎就是原罪

昭觉县

村民住在土屋里
一个小女孩
三四岁
坐在门口的地上
戴着明艳的小帽
脸
脏脏的

看年纪
老人大概是她奶奶
或外婆
问我
要不要吃饭
问了三回
见我犹豫
索性
把饭锅都拿了出来

屋里没灯

堆着可换钱的

酒瓶

将眼光从破败中移开

便是宜人的

云雾缭绕的

自然

谢涵曾说

她就想知道

啥叫

太虚幻境

姑苏

我们肯定很像游客

有时看来

像刚吵过架

我一个人

又怎么会来这

节前

人还没上

平江府

门前缺个鼓

安徽人

心里的黄梅戏

淹过评弹

几个人掌声怎么如潮

今年的水泡车

同这一刻的华谊兄弟

风马牛不相及

桃花坞

已没有版画的痕迹

寒山寺懒得去

而厕所不得不去

没想到这么晚还开着呢

冰镇过的饮料

在回暖

老字号的

苏帮面为什么这么甜

有这么多人排队表示

不离不弃

我们的出游

就是在住的附近晃晃

越晚

越不想承认太晚

人养的兔子

喂过了

玩具似的趴在那

没有动机

你喜欢的是

开民宿的人能想起：小日子

这个词

洗澡

浴罩能让蒸汽没法跑掉

很明显

它是冬天用的

在两家人

一起用的厨房

天花板上

有个能挂浴罩的钩子

木浴盆

那时候立起来比我人还高

上面的漆很斑驳

洗完澡

我得帮着母亲一起抬它

因为有水

会非常沉

得一直抬到高过水斗

抵住

才能把里面的洗澡水倒掉

父亲是撑船的

常常会带着我

和弟弟

去他所在的船上洗澡

洗完

顺便跟他一起出海

长更

荣新

都是我父亲待过的

客轮的名字

因此,我很小就去过宁波

温州

青岛

大连

也见过深夜两三点

像恐怖片一样的

海

那时候我想不到

在我感觉不到来自母亲的压力时

母亲

也就感觉不到

来自我们的压力

洗澡就这样

和出海挂上了钩

其实船上也没什么好玩的

只是比家里大

大很多

对于一个

根本就不爱洗澡的孩子

洗澡唯一的

好处就是

等到了临睡前

突然想起

今天洗过澡了

那就不用

再洗脚和洗屁股了

真是

只有那时候才会

为此庆幸

对对对

在他的叙述里
你又活了过来

让它看起来正常
排在了
让它不要有那么大惯性
之后

我听到问
对昏迷的看法
应该是我在问

问的是一个
我不想去想的问题

快递没找到任何属于 703 的信号
他太忙
没有看到备注里写着

近 564

Pinterest 说
我们正在为你的主页添加新点子

原来
它们是点子

她（这个字）
在 19 世纪
中文里是没有的

厌倦的最里面
给你看见了

象人因为他的鼻子
出现在马戏团
桑葚长出来了
好比在说：何不食桑葚

好像是

该难过的时候

都难过过

把烟灰弹在烟灰缸

以前的位置

就弹进了菜里

猪蹄

如何区分前蹄和后蹄

梯子很容易摆成 A 的形状

崧泽学区

在去往赵巷的路上

大学中学

幼儿园

都在一块

边林的儿子叫边桥

他说：这些字

我们都认识

铁圈很小

让人无法游刃有余地

穿过去

只能钻过去

它

意味着捷径

绝大多数时候

一个本地人

能听懂本地人的对话

是扫兴的

因为都想到了莴苣

所以一下出现了好多

因为被想到而浪费的

就是莴苣

多余是不是存在

回声

如果不是在重复

那这

也许会成为景点

不知道鸡是怎么想的

天黑以后

不见窝

它们就聚在原地

干

虽然它不怕干

植物的基因里有没有艺术家

连打两个喷嚏

无论老娘听没听见

这声音都是：长命百岁

真正好的米

是很快会生虫的

把拖延的内容也说出来了

离我最近的丧钟
是邻居养的鸭子
丧钟
正在为自己而鸣

是谁想知道我原来有这么差
只能是我

错误无论承不承认
都是错误

无论了两次

你让我在做这个动作的时候
变得松弛

撒娇已经变得这么隐蔽
就当自己在写检查

喝点茶能让你变得更愚蠢吗
不会
那就喝点茶吧

在耻字前出现的雪让我想到
在芹字前出现的雪

哪些
是我从来不属于家族的部分

只有不通过
你才能进去

看来
老娘对我希望的背景
是有意见的

哪些是我不想被回收的部分

把饼做薄一点
就会知道

饼干也是热的好吃

慢了一点
但还有

一家钢笔厂
在三十年前就倒闭了
无论是哪一年
你没见过的世面
多了

把你们分开
看你们再吵

为什么列表里都是人的脸

也许安慰
还是从别人那来
比较好

当磨豆机里没有豆了

你能感觉到
它在空转

有的人
在快死的时候
也能感觉到
什么

应该是一杯非常浓的咖啡

视频里
海豹把自己当成了摇椅

似乎在提醒我
你看
都没有人坐
摇椅为什么会摇啊

侥幸例外
是侥幸

什么都可以让你联想到叶公好龙

张志纯有一次喝高了
直到把我叫醒
问我
那人是谁啊

哪个
就是坐在那边的
我可什么都没看见

他也不是一直都能看见

刚才
他问我
你为什么不叫我去你那里坐坐

我首先想到的
盐其实是防腐剂

最近一次乐了

是想起了

在新疆

听有一个人说：

谁知道是为什么

商榻

等青金线来
往往先来的是青商线
两趟车的路径
有很长一段交集
有时候我就直接上青商线了
（它不像青金线
会去西岑绕一圈）
在金姚下
打个车
起步费就能回金泽
尽管
经常打不到车

青商线是去商榻的
在东方绿舟
上青商线的人
要比上青金线的人多
本来以为

可能商榻比金泽大

现在才知道是因为

它四通八达

有人到了商榻

是为了换车

商榻这个地名

取自商人下榻之地

一直以来

可能都是个临时

周转之处

听熟悉青浦的人说

这里有些很不错的馆子

能吃到一些

地道的农民菜

春节前的这一个月

天气一直不错

想和杜杜出去转转

离金泽最近的

就是商榻

查了一下
打个车
也只要 20 块钱

下了车
就看到路边挂着
腌制的猪脸
和排骨

沿着河岸走
这里和金泽还是不太一样
同样是被遗忘的感觉
这里
显然被忘得更彻底

阿姨你好
想问您一下
这儿的老街怎么走
老街嘛

前头就是老街呀

又没啥好看的喽

于是

我一路在重复

老街嘛

前头就是老街呀

用阿姨的

那个腔调

因为有杜杜这个观众

来到一座桥上

她发现不远处

有一座废弃的三层楼房

每扇窗户

都没有了玻璃

走

去那里看看

她说

一道拱门上

有三个手写的宋体字

看着有些年头了

盥洗室

现在里面已经改成了住家

有一条

可能只有两三个月的

小黄狗

在院子里

见到我们也没叫

有一只公鸡在叫

在一楼

沿河的一间屋里

透过窗户我张望了一下

两只鸡

都是公鸡

杜杜新烫的头

撞上了

晾着的一块干肉

我还以为

她瞧见了什么恐怖的东西

往楼里走

底楼的房间门上着锁

里面堆满了农具

杂物

很多都是捡来

还没送回收站的废品

去楼上看看

她说

每格楼梯上

都铺着一条马赛克

防滑

这里是不是厕所

锁着呢

你看你看这个好玩

这是个女的

穿着三角裤

还穿着高跟鞋

这个男的

里面竟然还有个男的

也穿着三角裤

哈哈

她把这个涂鸦拍了下来

二楼的地上

碎玻璃碎石子尘土积了一地

一看就是废弃后

从来没清理过

杜杜发现了一块

"阅览室"的牌子

两面

都贴着亚克力的

"阅览室"

给

这个送给你

她说

有些房间上着锁

但并不像有人住在里头

三楼楼道

有个倾倒的电表箱

电线已经被拉掉了

一排锈掉的梯子

通向屋顶

三楼采光很好

所有的房间都空着

我们都想到了

吕德生他们

可以来这做行为艺术

难道他们是

废墟行为艺术小组

出了废楼

回到了老街上

找不到一个

干净点的塑料袋

终于看到有个
顺丰快递的袋子
我把"阅览室"的牌子
装了进去

没走几步
就看到了鲍益良的鲍府
他是宣卷的传人
原为民间形式的说唱
现在门口
张贴的曲目
几乎全部是红歌

去买瓶水吧
当路过一家小卖部
好
店老板的女儿正在给她爸拔胡子
不疼吗
杜杜问
不疼的,还挺舒服的
嘿嘿

出了小店

我跟她说：知道了吧

啥叫愿打愿挨

我们打算沿原路

往回走

因为来的路上

看到有一段紧挨着淀山湖

想去那里坐一会儿

都走得出汗了

在商榻大桥

我们看到有几只鸟

停在横跨大江的电线上

它们怎么这么淡定啊

因为

它们有做鸟的经验

路还是有点窄

车来车往的

我们还是不要并排走了

小鸭子

你带路

带什么路啊

这就一条路

少废话

带路

金姚

八点五十二

金姚这地方

确实

前不着村后不着店

但这

有个加油站

没有来与往

以及

心血来潮

我也不会出现在这

因为要从金泽搬走了

在这等车

很可能

就是最后一次

连金姚

都不想被忘记

一个说明

2002年,由楚尘策划、本人主编的"年代诗丛"第一辑出版,2003年出版了"年代诗丛"第二辑,两辑共二十本。"年代诗丛"一经出版,迅速成为当年诗歌丛书有口皆碑的品牌,就诗歌写作而言,亦标榜了必要的专业性标准。时至今日,入选的诗人大多已成为汉语诗歌写作中名副其实的中坚力量,如杨黎、柏桦、翟永明、何小竹、于小韦、吉木狼格、小安、杨键、蓝蓝、伊沙、刘立杆、小海。但由于种种原因,"年代诗丛"的出版未能延续,当年的盛举已逐渐化为一个遥远而美丽的传说。

感谢江苏凤凰文艺出版社,有如此魅力和信心重启"年代诗丛"。二十年过去了,今天的出版环境已不同于当年,诗集出版量剧增,某些情形下甚至有泛滥漫溢的倾向,喧哗骚动中更显出了自觉写作者的被动、孤寂。选编"年代诗丛"第三辑(重启卷)的目的一如既往,即是要将其中最优异且隐而未显的诗人加以挖掘,呈现给敏感而热情的诗歌读者。这应该也是编者和出版者共同意识到的责任。

因此我们的选择无关诗人的年龄、知名度,要求的仅仅是写得足够优异以及具有独创性的新一代诗人,特别是其中对读者而言较为生疏的面孔。"年代诗丛"也因此寻觅到一个新的开端,是为"重启"。希望下面还会有"年代诗丛"第四辑、第五辑……

以上文字并非后记,只是一个必要的说明。

韩东

2023.9.17